LE DOS TOURNÉ

DU MÊME AUTEUR

A Bientôt
traduit par Colette Kowalski,
Gallimard, 1994
(Prix Lipp Zurich 1995,
Prix des Auditeurs de la
Radio Suisse Romande, 1995)

MARKUS WERNER

LE DOS TOURNÉ

Traduit de l'allemand
par Marion Graf

ÉDITIONS ZOÉ

collection **ch**

Littératures de la Suisse
en traduction

Ce livre paraît avec l'aide de la Fondation *ch*
pour la collaboration confédérale,
la Fondation Oertli et la Fondation Ex Libris.
La traduction est subventionnée par
Pro Helvetia.

Titre original : *Die kalte Schulter*

Couverture : Cosette Decroux
Illustration : Edvard Munch,
Jeune femme au bord de l'eau, 1896
ISBN : 2-88182-230-4

I

Pendant que Wank constatait combien les ongles de ses pieds étaient longs et étranges, bien des femmes bombaient les seins à la piscine. Selon Judith, c'était impossible ; mais si c'était possible, disait Wank, elles le feraient.

Partout des chats criaient. Le soir, dès que Wank allumait la lumière, des papillons l'entouraient. Comment un gazon peut-il tout à coup prendre le vert béat des jeunes champs de riz ? Ça me stupéfie, dit Wank, et il leva les yeux vers les nuées qui se dressaient, rigides, dans le couchant.

Plus tard, il prit la tête de Judith et la fit tourner comme un télescope, jusqu'à ce qu'elle ait la lune devant les yeux. Elle comprit de travers, cambra les reins, se serra contre Wank. Comme il ne lui rendait pas la caresse, elle s'assit et continua de feuilleter une brochure intitulée *Savoureuses grillades*. En réalité, la lune avait l'air d'un crâne de momie, mais la griserie des grillades les avait tous rendus aveugles.

Les voisins faisaient du tapage à longueur de nuits, eux qui d'ordinaire cognaient avec des manches à balai quand Wank écoutait de la musique après dix heures. A présent c'était à ces messieurs-dames de chanter, et qui chante *ainsi* me pendra aussitôt qu'on le lui permettra. Au lieu de quoi Wank avait été convié — avec Mademoiselle — à une de ces fêtes ; on avait peut-être quand même mauvaise conscience et on voulait se le rallier à moindres frais. Wank avait accepté et décidé Judith qui regimbait ; la chose eut lieu. Dès la première minute, Wank avait tellement bu que non content d'accueillir avec bienveillance toutes les propositions de fraternisation, il ne tarda pas à en prendre l'initiative et même à les sceller séance tenante. Au matin, le mal était fait, irréparable, en particulier l'invitation en retour que Wank avait répétée à plusieurs reprises au moment des adieux, Judith en témoignait volontiers.

J'y suis : côtelettes d'agneau châtelaine, tu m'écoutes ? — C'est ça, dit Wank, bien croustillantes. — Il arrive que tu me plaises, quand tu es dans cet état, mais là, maintenant, tu m'agaces : je planifie, tu planes... — Je suis parfaitement capable de planifier tout seul, dit Wank en bâillant sans le moindre tact. — Et les Muller et les Schnorf : qu'est-ce que tu leur donnes à bouffer, samedi prochain ? — Des mandarines empoisonnées, répondit-il. Châtelaine ? demanda Judith. Reconnaissant, il l'embrassa.

S'il était déprimé ? D'une part, répondit Wank, cet été gras le paralysait, de l'autre, il était plus vigilant que jamais, le moindre brin d'herbe éveillait sa méfiance, et le fait qu'il ne peignait plus depuis des semaines n'avait absolument rien à voir avec le fameux abcès de la glande sudoripare au creux de l'aisselle qu'il avait toujours prétexté. Je ne suis pas vraiment déprimé, au fond, c'est une sensation plus animale, mais tu penses sûrement que je fais le malin, et tu pourrais bien avoir raison. — Ce que je pense, dit Judith, c'est rarement ce que tu crois. — Qu'est-ce que tu penses, alors ? — Eh bien, que tu souffres. — Aha, je souffre, s'exclama Wank d'un ton sarcastique. Judith se leva sur-le-champ, et sur-le-champ, il tenta d'expliquer que son ricanement n'avait aucun rapport avec ce qu'elle avait dit, au contraire.

Au contraire ? — Judith partit. Wank toussa longuement.

Les chamailleries qui trouvaient quelques heures plus tard une conclusion artificielle sur l'oreiller pour resurgir ensuite, irrésolues, dans des rêves agités, étaient rares. Mieux valait se quitter aussitôt et se réconcilier par téléphone. Mais ce jour-là, tout à coup, cet usage lui parut insipide. Il avait beau se sentir particulièrement penaud, cette fois-ci précisément, et juger indéfendable la brusquerie de sa réaction au moment où Judith s'était efforcée de le comprendre, il restait planté devant le téléphone, buté. Comme pour déclencher l'automatisme tout en y coupant court, il décrocha le combiné et composa le numéro de Maya.

Elle en était maintenant au facteur deux, dit Maya une demi-heure plus tard, assise sur le sofa de

Wank, et puis ces histoires de cancer de la peau, elle n'y croyait pas vraiment ; Wank ne trouvait-il pas lui aussi que depuis quelque temps, on taxait n'importe quoi de nocif, même la salade de betteraves ? — Une chose est sûre, dit Wank, les bains de soleil, ça allume. — Maya lui donna une petite tape sur la cuisse, il alluma une bougie et remplit les verres. Elle tenait le sien en levant le petit doigt. Etait-ce prescrit quelque part ? Dans un livre sur le langage du corps ? Wank lui demanda de quelle musique elle avait envie. Tu as le *Boléro ?* — Bien sûr, dit Wank tout guilleret. Mais ce n'est qu'au finale, alors qu'elle avait ôté ses lunettes avant déjà, qu'il effleura Maya. Elle dit non, et Wank en fut vexé et soulagé. Il n'avait fait qu'obéir à un mécanisme de nuit d'été dont il détestait le tic-tac... Que Maya ait fait tic, il l'aurait juré, qu'elle ait renoncé à son tac était d'autant plus déconcertant. Il n'y avait pas de quoi chercher à se faire consoler pour si peu ; mais si, en revanche, quand elle déclara : Tu sais, je te trouve intéressant. — Vraiment ? dit-il en accentuant le mot si faux que Maya, croyant qu'il se sentait flatté, répéta la phrase que Wank, depuis qu'il allait sur la quarantaine, entendait plus fréquemment, et accueillait chaque fois comme une condamnation à mort. Oui, vraiment, dit-elle, mais tu sais, chez moi, ça n'a rien à voir avec coucher ensemble et tout, ce serait même plutôt le contraire, en fait. — Wank la dévisagea. Il avait fait son portrait bien des années auparavant, et depuis lors, tout en la voyant de temps à autre, il ne l'avait plus vraiment regardée. Une poule avec de méchants yeux rouges, voilà ce que j'aimerais voir, pensa-t-il, mais le visage de Maya était la gentillesse même. Qu'est-ce que tu as ? demanda-t-elle. Rien, dit Wank, je n'y comprends rien. — Elle lui caressa le bras. Et ça, tu comprends ? — Non, dit-il. Et ça ? demanda-t-elle en prenant ses mains pour les presser contre sa blouse en soie... Encore moins, dit-il en se levant. Il est cinglé, dit-elle avec attendrissement. Chatteries ! cria Wank.

Goulûment, après son départ, il avala une boîte de sardines. Il alluma la radio, l'éteignit et appela Judith. J'ai dévoré quelques sardines, tu m'aimes ? — Je suis triste, dit Judith. Et pourquoi donc ? demanda-t-il avec gaieté et contrition. Je ne tiens pas absolument à être une femme toujours disponible, mais j'ai longtemps attendu ton appel, et ça m'a fait honte. — Maya a passé, dit Wank. Ah oui ? juste comme ça, pour rien ? — Oui, pour rien, mais je la trouve trop bronzée. — Encore heureux, dit Judith. — Et elle ressemble de plus en plus à une poule, acheva Wank. Elle glousse ? demanda Judith. Pas tout à fait, mais elle a un assez gros ganglion. — Moritz, j'entends au téléphone que tu mens ; tu as couché avec elle ? — La chose aurait pu se faire. — Et maintenant, tu es prodigieusement fier de ne pas l'avoir fait ? — Ah bon, c'est comme ça qu'elle récompense ma fidélité, pensa-t-il. J'ai menti, mentit Wank après un silence ; désolé, c'est chose faite. — Je l'avais bien senti, dit Judith.

Tout ce qui suspendait pour un temps l'automatisme d'un attachement lui paraissait bienvenu ; par ailleurs il ressentait les contorsions auxquelles, sans vraiment les attendre, on est tout de même accoutumé de la part des couples modernes, comme des bouffonneries. A elle seule, l'expression «problèmes de couple» l'incitait à éviter d'en avoir, et ce qui comptait maintenant, c'était le papillon qui tournoyait autour de l'ampoule, tombait en vrille et s'abattait sur la table, les ailes vibrantes. Wank aurait aimé savoir si à l'intérieur de cet être vivant — il scintillait — il se passait quelque chose, quelque chose d'intelligible, ou s'il fallait se contenter d'une altérité palpitant sans raison. Le désir qu'eut Wank de peindre le papillon ne dura pas plus de deux secondes : l'éclat soyeux, mordoré, qu'aurait-il été, sur la toile, sinon le redoublement de l'inaccessible ?

Das Leben ist ein Würfelspiel , la vie est un coup de dés, fredonnait le balcon d'à côté, et avant même de se sentir dérangé, Wank eut envie de se plaindre. Il se contenta de fermer la fenêtre, de prendre un journal et de tuer deux mouches. Leur mission dans l'ordre de la création consistait avec une telle évidence à enquiquiner les humains que Wank ne pouvait envisager leur grâce plus de quelques instants. L'intervalle entre l'impulsion et le passage à l'acte était-il l'effet d'un souvenir d'enfance, ou ce dernier surgissait-il à la faveur de l'intervalle ? Mystère ; toujours est-il qu'enfant, il s'était souvent intéressé à l'enfer et n'avait pas exclu l'existence d'une succursale pour les tueurs de mouches. L'une d'elles collait au journal, et là où la culpabilité avait surgi s'étalait à présent le dégoût. Avec un cure-dents, Wank poussa la mouche dans le cendrier, avec un second, il s'escrima à enlever une fibre de viande restée prise entre deux molaires depuis le repas de midi. La pointe cassa et resta coincée. Ce qu'il aurait voulu, c'était prévenir Judith au plus vite de la véritable qualité de ses soi-disant cure-dents médicinaux. En tant qu'hygiéniste dentaire, elle devait tout de même savoir ce qu'elle vendait à ses clients. Mais primo, Judith était déjà allée se coucher, c'était sûr, et secondo, il les obtenait gratuitement. Et en plus, ce n'était pas le moment de critiquer les cure-dents préconisés par Judith.

Il vida la bouteille et regretta d'avoir chassé Maya. Faudrait-il attendre l'asile pour avoir la paix ? S'il n'y avait que des hommes, méditait Wank, ils n'auraient sans doute pas de queue. Et qu'est-ce qu'ils mettraient ? des pantalons ou des jupes ?

Une fois au lit, il se coucha sur le côté et replia les genoux si haut qu'ils lui touchaient presque le front. A présent, il était minuscule. Son corps recroquevillé lui donnait la sensation d'être un genre de lièvre. Vivre lui parut futile et merveilleux.

Vers cinq heures, Schnorf tira la chasse. Le bruit réveilla Wank. Il alla aux toilettes, tira et sut qu'Egloff aussi, un étage plus bas, allait se réveiller et faire le nécessaire. On endure bien des choses ; même l'autre bruit, on le supporte : un beau jour, la situation excentrique du locatif construit par la commune dans les années trente au sommet d'une maigre colline s'était transformée en inconvénient ; le jour en effet où à l'est, au pied du talus, le ruisseau avait cédé son lit au trafic. Et face à l'autoroute, pour les locataires des six appartements de l'immeuble, l'inscription AU MÉPRIS DU TEMPS, gravée au-dessus de la porte, avait pris un sens nouveau. La plupart d'entre eux étaient restés. Des années plus tard, un triple vitrage à toutes les fenêtres était venu récompenser leur constance. Wank en ouvrit une. Le jour se levait. Les oiseaux lançaient leur chant fort et pur. Des buissons étincelaient. Le ciel était d'un bleu de cobalt, et il aveuglait Wank.

II

En faisant ses courses, il se trouva entouré de femmes enceintes. Il aurait aimé leur dire à chacune : tu l'as bien cherché. — Mais elles poussaient fièrement leur ventre en avant et frôlaient Wank d'un air pincé. Visiblement, il était normal que la conséquence d'un acte consommé dans la plus profonde intimité s'exhibe tout à coup sans retenue. Wank acheta quelques boîtes de conserve et une salade pommée destinée à pourrir dans le bac à légumes du frigo, à moins que Judith ne s'en charge. Cet achat voulait-il dire qu'elle lui manquait ? En tout cas, Wank refusait de laver une salade pour lui tout seul. Une telle dépense d'énergie lui paraissait parfois prétentieuse, parfois humiliante. Quoiqu'il en soit, pour la première fois de sa vie, il acheta une livre de brugnons. Ils avaient l'air si alléchants qu'il en sortit un du cornet et mordit dedans en pleine rue. Scandaleusement dur, presque dépourvu de saveur, il confirma Wank dans l'opinion qu'il avait des fruits. Deux garçons armés de pistolets de cow-boys avaient ouvert le feu sur les passants. Wank leur offrit un brugnon à chacun. C'est pour vous punir, leur déclara-t-il d'un ton sévère, mais il fut pris de remords à la vue de leurs visages désarmés. Il s'éloigna rapidement, et comme il avait l'intention d'acheter des sandales, il garda les yeux fixés sur les pieds de tous les passants jusqu'à ce que deux mocassins d'homme éclatants de blancheur s'arrêtent devant lui. Allons siffler une bière, dit Rötzel. Débine-toi, pensa Wank en disant : D'accord. — Dire que Rötzel avait presque été un ami autrefois ; et maintenant : des chaussures pareilles. Selon Wank, le déclin de Rötzel avait commencé en Arcadie où Rötzel, en compagnie d'un âne chargé, entre autres, de son attirail de peintre, avait passé six mois à vagabonder ; ou plutôt, comme il l'avait fait savoir par une carte postale, «à regarder, à peindre et à se masturber au soleil couchant». Le soleil couchant était devenu le motif principal de ses tableaux grecs, la nature éclatante semblait avoir ôté toute liberté à Rötzel qui, jadis abstrait, s'était peu à peu mis à peindre exclusivement ce qu'il avait sous les yeux. Entièrement dévoué aux sujets les plus concrets, il ne reculait même pas devant des portraits d'ânes, et à son retour, il en fut bien récompensé. Son nouveau style eut du succès, on vit bientôt ses tableaux orner les bureaux de politiciens et d'entrepreneurs, ainsi que les salles d'attente de nombreux médecins — histoire de rassurer les patients probablement. En toute bonne logique, Rötzel avait donc prolongé sa période arcadienne jusqu'au présent le plus récent, et maintenant, il levait son verre en disant d'une voix douce : A ta santé, mon vieux. — A la tienne, Boris, dit Wank, comment vont les affaires ? — Rötzel posa sur lui ses yeux de biche et tripota son foulard. Tu es injuste à mon égard, dit-il, tu es injuste envers toi-même, il n'y a pas un seul de tes amis qui puisse devenir un porc. — Ciel, pensa Wank, répondre à cela... — Ecoute, poursuivait Rötzel, je pourrais me simplifier la vie et admettre que tu es envieux comme un pou ; tu ne l'es pas, mais tu es naïf, et ta manière de peindre, éthérée. — Plutôt l'éther que les affaires, dit Wank un rien trop vivement pour pouvoir être content de lui. Mon cher Moritz, je ne parle pas des affaires, reprit Rötzel impassible, mais je veux dire qu'au moment où tu jongles avec tes figures spéculatives, tes formes et tes fragments, tu te dérobes à notre bonne vieille réalité, voilà ce que j'entends par «éthéré». — Wank mettait en pièces un dessous de verre de bière sans répondre. Tout à la question de savoir si Rötzel pouvait avoir raison et si dans sa peinture, lui, Wank, capitulait bel et bien devant le monde, il oublia d'interroger Rötzel sur le rapport au réel de ses mares aux canards. Et si les gens, poursuivait Rötzel, si les gens achètent ce qui leur plaît, c'est leur droit le plus strict. — Quoi qu'il en soit, je suis content pour toi, dit Wank, et il faillit ajouter dans un excès de familiarité : Vieux branleur, va. — Allons, dit Rötzel, encore un verre, je t'invite, évidemment. Wank déclara qu'il n'était pas indigent, mais en quête de sandales.

Dans tous les magasins, il redoutait un peu la phrase décisive, et presque toujours, il l'exerçait brièvement à l'avance, afin de ne pas passer pour bègue. J'aimerais des sandales, décida-t-il de dire, et à l'intérieur du magasin, il devança même la vendeuse qui s'approchait pour lui demander ce qu'il désirait. Très bien, dit-elle, désirez-vous un modèle particulier ? Wank n'était pas préparé à cette question. Des sandales, ce n'était donc pas des sandales, tout simplement ? Pas vraiment, dit-il. — Je vais vous faire voir ce que nous avons, les sandales sont en haut, si vous voulez bien me suivre. — Elle le précéda dans l'escalier à vis. Fallait-il détourner la tête, rien que parce que Judith, récemment, lui avait demandé ce qu'il dirait si les femmes se mettaient soudain à reluquer les hommes avec autant de lubricité que les hommes le faisaient des femmes ? Il trouverait cela détestable, avait répondu Wank, d'ailleurs, elle ne devait pas oublier qu'en Amérique, on avait démontré au moyen d'appareils spéciaux que les femmes aussi, reluquent les hommes, et pas seulement, ni tout d'abord, comme on l'avait admis jusqu'alors, dans les yeux, mais quelques fractions de secondes avant, ailleurs. Cependant la vendeuse était à genoux devant lui, Wank avait déjà essayé et écarté trois paires, et il se demandait s'il avait vraiment besoin de sandales et à quoi bon. J'aurais encore celles-ci, c'est du solide, dit-elle en posant devant lui une quatrième paire. Là-dessus, Wank vit qu'elle portait un petit écriteau et s'appelait E. Würmli. Dommage, dit-il, mais je ne m'y sens pas à l'aise. — C'est la voûte plantaire, ce sont des sandales de santé. — Ah bon ? dit Wank. — Cuir, liège et caoutchouc, tout des produits naturels. — Ahah, dit Wank, se sentant mis sous pression. — Et puis vous y transpirerez moins. Wank écarta l'hypothèse d'une allusion, il s'était douché et avait changé de chaussettes le matin même. Il dit qu'il avait pensé à quelque chose de plus simple, avec un peu moins de courroies et de boucles, est-ce que ça existait ? Elle alla chercher une autre paire et revint s'agenouiller devant lui ; c'est alors qu'il nota le léger strabisme, à peine gênant, de ses yeux. En outre, sur son menton, deux ou trois petits boutons recouverts de pommade couleur chair attirèrent son regard. Elle portait un pull d'été crocheté à mailles fines sous lequel on devinait un sein flasque. C'est du cuir synthétique, dit-elle, les moins chères que nous ayons.

Assis sous des marronniers, il mangeait une salade de cervelas. Les garçons transpiraient. Wank entendait craquer les frites qu'on servait à la table d'à côté. Ou bien ne faisaient-elles que craqueter ? Toujours est-il qu'il y avait des gens qui mangeaient des frites en plein été. Wank observa les deux couples âgés. A peine servis, les uns et les autres se jetèrent sur leur repas comme s'ils redoutaient que quelqu'un vienne leur disputer leur assiette. Au lieu d'être frugaux et bienveillants, ils sont avides et méchants, pensa Wank. Ils ne quittent pas les jeunes des yeux, ils passent leur temps à attendre le repas suivant, leurs oreilles sont de plus en plus transparentes et se décollent ; pourvu qu'une tuile me tombe à temps sur la tête. Sinon, j'aimerais devenir vieux comme

Mathusalem, peut-être qu'alors, malgré glaucome ou cataracte, j'y verrai clair, tout à coup, et il faudra que Judith reste assise à côté de moi et me tienne les mains si elles tremblent. L'idée de vieillir avec Judith n'angoissait pas Wank, elle le remplissait de tendresse, et il croyait même que Judith resterait belle aussi longtemps qu'elle se saurait aimée et ne ferait pas couper ses longs cheveux. Décidément, il était grand temps de lui téléphoner, de lui donner des éclaircissements sur son comportement de la veille, de lui présenter des excuses et de lui demander si elle viendrait ce soir. Il se leva et posa son sac sur sa chaise, moins pour empêcher qu'on lui prenne sa place pendant qu'il serait au téléphone que pour signaler au garçon son intention de rester ; et qu'il ne s'apprêtait pas à filer sans payer, ni ne s'était déjà esquivé. Judith n'était pas chez elle. Elle était peut-être allée se baigner, malgré la brièveté de sa pause de midi. Wank, dans la cabine téléphonique brûlante du restaurant, était désappointé. Il avait laissé la porte entrouverte, par la fente, il entendait les rumeurs de la cuisine. Quelqu'un coupait du pain, brutalement, impatiemment.

En allant au parking, Wank entra dans une droguerie acheter une pommade grasse pour ses lèvres gercées. La droguiste avait l'air d'une poupée, on aurait dit que son visage était retouché. Wank nota le parfait accord du rimmel avec l'ombre et le crayon à paupières, mais vit aussi que le maquillage intense des yeux formait avec les lèvres, également très fardées, un équilibre douteux. L'harmonie, il en avait fait l'expérience, suppose une différenciation, et là où deux éléments figurent avec la même intensité, il n'y a pas équilibre, mais combat. Oui, il émanait de ce visage où les yeux et la bouche se concurrençaient quelque chose d'agité et de criard, mais la vendeuse le servait avec une telle amabilité qu'il osa demander si elle lui permettait de poser une question. Une rougeur naturelle se glissa sous le rouge qui paraissait vaporisé sur ses joues. Elle répondit : Je vous en prie. — Wank désigna le stick qu'il venait d'acheter et dit qu'il avait lu quelque part qu'on fabriquait ce genre de pommade à base de cadavres d'animaux, était-ce exact ? La droguiste s'empourpra encore. Ça m'étonnerait, dit-elle, je n'ai jamais entendu dire une chose pareille, mais je peux aller demander au patron. — Wank dit que ça n'avait pas grande importance, mais que si elle voulait bien y aller... Elle disparut derrière une portière, il entendit un conciliabule à mi-voix, elle revint avec le sourire en disant : Eh bien ces sticks contiennent principalement de la lanoline. — Ah, dit-il, de la lanoline. — Oui, dit-elle. Wank hésita, puis se résolut à demander encore : Est-ce que c'est une substance naturelle ? — Elle dit : En principe, oui. — Laquelle ? demanda-t-il. Elle dit : Pour autant que je sache, elle se compose même de plusieurs substances. — Hum, dit-il. Dont l'une, poursuivit-elle, pourrait bien être de la paraffine. — De la paraffine ? demanda-t-il, quelque chose comme de la cire de bougie ? — Exactement, dit-elle avec un soupir si définitif que Wank se tut.

Au moment d'actionner le démarreur, il aperçut un message sous l'essuie-glace. Il redescendit. Sur le feuillet xérocopié, il lut : «Offre revenu accessoire lucratif extrêmement intéressant. N'hésitez pas à me contacter ! Otto A. Dürsteler». — La proposition était d'autant plus intéressante que Wank n'avait même pas de revenu principal — à part les trois ou quatre tableaux qu'il vendait chaque année — et devait vivre d'activités annexes. Pour le moment, toutefois, il n'avait pas besoin de Dürsteler, pour le moment, il pouvait peindre des accessoires de vitrine chez Krebs & Cie, et ça me convient ! apostropha-t-il son volant, mille fois mieux que ce bordel ! Plutôt crever de faim que ramper sous les jupes vert émeraude d'une directrice de galerie ! Comptez pas sur moi ! Comptez pas sur moi ! criait-il inlassablement, dans l'espoir que le monde lui renverrait un écho navré.

Le dictionnaire indiquait que la lanoline se composait de suint de laine de mouton et — bel et bien — de paraffine. Et d'eau. Le mot «paraffine» venait juste après le mot «paradoxe», défini pour sa part comme «proposition apparemment contradictoire, mais qui a pourtant un sens». Sous «paraffine», en revanche, il lut : «corps incolore appartenant à une série homologue d'hydrocarbures aliphatiques saturés». Assez. Assez. Wank se doutait qu'il abordait les composants fondamentaux de la matière, et que s'il ne refermait pas immédiatement le dictionnaire, il allait pénétrer dans le domaine de l'atome. Avec un son aigu dans l'oreille, qui devait avoir son origine au plus profond de lui, Wank s'allongea sur le sofa.

Douze cygnes sont enterrés, alignés en trois rangées de quatre, dans le sable du désert. Les têtes, dégagées, regardent le ciel. Trois hommes, chacun chargé d'une rangée, enfoncent sur la tête des cygnes des capuchons en peau de renard. Le maître donne des explications à l'intention du public silencieux. Presque en mesure, les hommes passent entre les rangs, de droite à gauche, et décapitent les animaux avec des couperets à long manche. Qu'est-ce que tu en dis ? — Rien, dit Kurt, j'ai horreur des rêves et dans les romans, je les saute toujours. En plus, j'ai des soucis. — Wank était d'assez mauvaise humeur. Comme la sonnette était détraquée, Kurt avait frappé à la porte à plusieurs reprises, oui, il avait même cogné, l'arrachant à sa sieste à vrai dire peu réparatrice, et à présent, il n'était même pas disposé à s'intéresser à son rêve. Tu sais ce que je sais depuis ce matin ? demanda Kurt, et sans attendre la dénégation de Wank, il s'écria : Avec l'argent que je gagne, je paie le type avec qui elle couche ! — Qui ? Silvia ? — Oui, Silvia, et il y a huit jours, quand je lui ai demandé pour rire si elle n'avait vraiment rien avec ce Zander — c'est le nom de son maître de yoga — elle m'a dit, mot pour mot : Ne te couvre pas de ridicule : moi, avec *ce type-là* ! Kurt resta silencieux, pâle et voûté, debout au milieu de la pièce, et finit par demander : Qu'est-ce que tu en dis ? — Wank faillit répondre : Rien, j'ai horreur des problèmes conjugaux et dans les romans, je les saute toujours. — Mais Kurt était un ami, et Wank dit : Quelle saloperie. — Il n'était pas indigné ; étonné, plutôt ; il savait qu'à cause d'elle, Kurt était devenu père et cycliste. Je rémunère l'homme qui couche avec ma femme, dit Kurt, n'est-ce pas un paradoxe ?

— Wank dit que selon la définition, ce n'était pas tout à fait un paradoxe, mais qu'il était frappé de ce que Kurt, pour la deuxième fois déjà, insistait sur l'aspect financier, était-ce là l'essentiel à ses yeux ? — Kurt secoua la tête avec force et sans répondre directement, il déclara : Et avec ça, elle a toujours fait l'éloge de mon membre ! — Wank en resta pantois. Pendant un moment, il crut et espéra que Kurt plaisantait. Mais Kurt était planté là, broyant des mâchoires, et Wank, qui détestait le terme «membre», qu'il avait toujours trouvé beaucoup trop raide et gourmé, se mit à douter de Kurt. En même temps, il était furieux, dégoûté. Qu'il existe des hommes adultes à deux doigts de perdre la raison parce qu'un autre s'était faufilé dans leur femme lui parut soudain tellement inepte que lorsque Kurt lui demanda ce qu'il pensait, il répondit : Rien. — Donc, tu ne me comprends pas ? — Wank dit : Je ne te comprends pas, je ne comprends pas Silvia, je ne comprends pas Zander, mais je peux m'imaginer que tous les trois, vous vous comprenez vous-mêmes et que chacun de vous s'entortille à présent dans le cocon d'une vérité malléable. — Je ne suis pas amateur d'aphorismes, dit Kurt. Wank, en son for intérieur, lui donna raison, et lui demanda comment il se faisait qu'il soit au courant de tout. C'est elle-même qui me l'a dit, elle m'a déclaré ce matin : «Nous avons décidé de te le dire» — *nous* ! tu comprends, «nous avons décidé...» Mon Dieu quelle oie docile, tu pourrais peut-être lui parler, à l'occasion ? — Ce serait plutôt à *toi* de le faire, dit Wank. Kurt dit qu'il avait essayé, que c'était trop pénible, ses phrases n'avaient pas l'air d'être les siennes, elle employait des mots qu'elle n'avait jamais utilisés en dix ans de mariage, par exemple, «rencontre symétrique» ; quand il avait demandé si c'était une nouvelle expression pour baiser, elle avait coupé net, et l'avait mis à la porte avec une allusion à sa grossièreté. C'est seulement dans la rue qu'il s'était dit qu'il aurait dû la renvoyer lui-même, finalement, puisque c'était tout de même lui qui subvenait au loyer, aux enfants et à ses besoins à elle, donc à Zander, qui revenait à cent six francs par leçon. Wank dit : Au moins, ça bouge. — Kurt eut un rire méprisant. Wank lui demanda s'il était toujours resté fidèle à Silvia. Kurt dit : Ah bah. — Wank, à présent, aurait voulu être seul. C'était la première fois que la verrue de Kurt, à la racine du nez, le gênait, tout le gênait, partout des couples en voie de décomposition et des partenaires glapissants, et se pourrait-il que mon amour, ou l'amour de Judith, soit lui aussi gros de son contraire ? Wank ouvrit la fenêtre. Aujourd'hui je suis un piètre ami, mais je ne vois pas comment t'aider. — Kurt pleura un peu, se moucha et ne tarda pas à s'en aller. Wank resta sur le palier. Il entendit les pas de Kurt, vit, d'en haut, la main gauche de Kurt glisser sur la rampe et éprouva enfin de la compassion.

Non, pas aujourd'hui, dit Judith, mais peut-être que Maya est libre. Wank dit qu'il n'y avait rien eu entre Maya et lui et qu'il n'avait menti que par défi, mais qu'il voulait qu'elle le croie aussi capable du contraire. Si elle s'imaginait qu'il était connaissable et prévisible, il lui en tiendrait rigueur. Judith répondit qu'elle ne pensait pas que c'était ou avait été le problème, et que pour sa part, elle lui tiendrait rigueur d'être prévisible. Bah, dit Wank, je ne sais plus du tout de quoi il s'agissait, hier ; aujourd'hui, en tout cas, j'ai eu envie de vieillir avec toi. — Ah oui ? demanda Judith. Parole d'honneur, dit Wank, j'ai vécu beaucoup de choses, aujourd'hui, mais faut-il tout se dire par téléphone, on ne se voit pas ? — Je suis complètement éreintée, dit-elle, j'ai les mains qui tremblent à cause du Cavitron. — Cavitron ? demanda-t-il, c'est la fraise ? — Moritz, tu sais bien que je ne fraise pas ! — Pardon, dit-il, je voulais dire, la raclette. — La raclette s'appelle détartreur ou curette, et le Cavitron est l'appareil à détartrer aux ultrasons. — Je le sais bien, dit Wank, je voulais seulement te l'entendre dire, j'ai besoin de ces mots comme d'une drogue.

Il mangeait des œufs au plat tout en se demandant comment passer la soirée sans Judith. Que la vie, pour autant qu'on ne se trouve pas assis ou couché en prison, à l'hôpital ou à l'asile, exige sans cesse qu'on prenne des décisions, il trouvait cela naturel, mais pénible, et il soupçonnait même qu'il devait exister un lien entre cet état de fait désagréable et un certain faible pour l'hôpital, la prison ou l'asile. Tout à coup, il se leva brusquement, comme seul un homme déterminé est capable de le faire, il sortit de la cuisine et traversa résolument le corridor jusqu'à la pièce qui lui servait d'atelier. Toutefois, la timidité avec laquelle il ouvrit la porte ne s'accordait déjà plus à l'élan de ses pas. Aussi n'entra-t-il pas du tout, il huma seulement l'air de l'atelier, jeta un coup d'œil sur le chevalet, vit le rideau de tulle qu'il avait jeté quatre semaines auparavant sur la toile tendue frémir dans le courant d'air et referma la porte. Le journal télévisé présentait la Fête fédérale des armaillis et lutteurs à la culotte. Un Conseiller fédéral transmit les salutations du gouvernement. «Grâce à vous, notre pays est vivant !» cria-t-il aux lutteurs. Wank éteignit aussitôt et froissa un mouchoir en papier. Il avait beau essayer d'imaginer qu'il venait de sauter de côté pour échapper à un bulldozer en train de lui foncer dessus, il se sentait écrabouillé.

Il retéléphona à Judith pour lui annoncer qu'il allait émigrer ; que de toute façon, n'étant pas un lutteur à la culotte, il ne contribuait en rien à la vie du pays. Donc, tu es aussi en train de regarder les informations, dit Judith. Plus maintenant, dit Wank, et toi ? — Moi non plus, dit Judith, et si ça ne te fait rien, je t'accompagne. — Sinon, dit Wank, nous pourrions contribuer à la vitalité du pays en restant ici ; ce serait moins compliqué. — Mais comment faire ? demanda Judith. On pourrait s'empoigner plus souvent, dit Wank. Parfait, dit Judith, on reste et on s'empoigne !

III

Il ne faut s'étonner de rien. Wank préparait le café. En tout cas, il faut s'attendre à tout de la part d'un peuple qu'on arrache chaque jour au sommeil. Wank avala son café et étrangla madame Egloff qui criait après ses enfants depuis cinq minutes. Puis le téléphone sonna, et Silvia lui demanda comment il allait. Il ne le savait pas encore, dit Wank, il se levait à l'instant. Kurt n'est pas rentré de la nuit, serait-il par hasard chez toi ? — Il a passé hier, dit Wank. — Alors tu es au courant ? — Oui, dit Wank, mais je ne sais pas où il est, tu t'inquiètes ? — Silvia dit que Kurt n'était pas du genre à se supprimer, mais qu'elle avait quand même juste voulu lui faire signe, et qu'elle aimerait bien parler de tout cela avec lui, parce qu'il était tout de même l'ami de Kurt et qu'il la connaissait aussi un petit peu. Wank lui demanda si elle voulait venir pour le café, vers une heure et demie, et Silvia répondit qu'il n'y avait pas urgence, qu'elle ne souffrait pas à ce point. Wank se taisait.

Silvia demanda s'il était encore là. Oui, dit Wank. Si ça te va aujourd'hui, dit Silvia, va pour aujourd'hui.

Madame Egloff criait toujours et Wank fut convaincu, pendant plusieurs minutes, que les mères étaient à l'origine de la plupart des malheurs du monde, et que la thèse du naturel pacifique des femmes était une des mystifications les plus effrontées qui soient. Car n'est-ce pas, c'étaient bien les mères qui chaque matin arrachaient leurs enfants du lit et les envoyaient à l'école sous peine de sanctions graves, tout en sachant pertinemment qu'on les y achèverait. C'étaient les mères qui pourvoyaient à l'état de torpeur et d'impuissance de leur progéniture, et les maîtres, ensuite, avaient beau jeu de marteler en toute impunité les jeunes cervelles à moitié engourdies. La voilà, la collaboration de l'école et de la famille, et on ne saurait s'étonner du reste, songeait Wank, pas même de ce politicien qui vient d'annoncer aux informations qu'il s'agit à présent d'adopter un papier musclé. Le papier est musclé... dit Wank, et ses doutes le reprirent quant à sa tentative de ramener tout le mal au timbre strident des réveils et des voix maternelles. A chaque fois, la délectable impression d'y comprendre quelque chose durait peu, et ce n'était que lorsque Wank regardait un match de football à la télévision qu'il pouvait être sûr qu'elle ne le lâcherait pas pendant au moins quatre-vingt-dix minutes.

L'entreprise était située à l'autre bout de la ville. Wank n'avançait que lentement. Il se représenta que dans chacune des autres voitures, quelqu'un se maudissait de n'avoir pas emprunté les transports publics. Ils souffraient tous de leurs gaz d'échappement, sans aucun doute. Ils le savaient tous, qu'ils étaient des imbéciles. Des imbéciles de soixante-dix à quatre-vingts kilos avançant au pas au moyen de machines de mille kilos, et je suis l'un d'eux. Fallait-il attribuer la répétition quotidienne de cette idiotie au désir d'ôter à ladite idiotie son caractère d'idiotie, et de contribuer à sa normalité ? Chaque pécheur n'avait-il pas soin de pécher aussi régulièrement que possible, du moment que c'était le seul moyen de dissiper la culpabilité ?

Wank gara la voiture, bavarda malgré son retard avec Rita, la responsable du rayon des costumes folkloriques, et descendit à la cave. Tant la raideur de l'escalier que la nature de son travail pouvaient faire naître l'idée d'humiliation, mais quand un visiteur occasionnel risquait un mot ou un clin d'oeil dans ce sens, Wank le renvoyait au stérile boulot à la con auquel la plupart des gens sont condamnés.

Santiago Krebs avait visité l'année précédente la première et dernière exposition de Wank, et tandis que le seul journal à rendre compte de l'événement avait qualifié l'écriture picturale de Wank de lyrico-subtile, Krebs en avait certifié la vélocité gestuelle et déclaré à Wank : Vous êtes mon homme, je vous engage comme conseiller artistique ; mon nom est Krebs, vente et location de costumes.

En sifflotant, Wank dressa contre le mur une des figures de bois plates, grandeur nature, que le menuisier avait découpées selon des modèles. Krebs avait découvert dans un musée d'ethnographie que les paysans aisés de l'époque Biedermeier faisaient scier leur silhouette dans des planches, à leur vraie taille, puis les faisaient peindre conformément à leur portrait ; enthousiasmé, Krebs était allé voir Wank et lui avait dit : J'ai notre affaire, nous mettrons dans les vitrines des figures de bois peint à côté des mannequins en plastique, ce sera la synthèse du présent et de l'imparfait.

Wank enfila sa blouse blanche, examina la photographie de l'original qu'il avait à copier (Homme au fusil), marqua quelques points de repère au crayon, prit son pinceau et commença par le chapeau. A neuf heures et demie, alors qu'il en était déjà à sa deuxième figure (Dame à la rose), l'apprentie lui apporta le café. Vieux comme le monde, minable et décharné, voilà comment Wank se voyait à côté de cette fille, et la cuisse claire dont on pouvait entrevoir le galbe par la fente latérale de la jupe en jeans ne brillait pas pour lui. De quel côté que je dirige mes regards, le stock de ce qui est à ma portée diminue, ou puis-je encore devenir matelot ? ou chef d'orchestre ? Vous êtes toujours tellement sérieux, dit Lotti, à quoi pensez-vous ? — Je viens de m'apercevoir que je ne suis plus très jeune. — Et alors ? — Alors rien. Lotti l'effleura d'un geste vif et doux, comme pour remettre en marche un balancier arrêté. Est-ce que vous m'aimez ? demanda-t-elle. Bien sûr, dit Wank. — Pouvez-vous le prouver ? — Non, dit-il. Si, dit Lotti. Mais comment donc ? Vous pourriez me... Lotti s'interrompit. Il posa les mains sur ses bras en disant : Parle ! — Elle rapprocha un tout petit peu les épaules, presque imperceptiblement, assez toutefois pour que Wank croie sentir combien son attouchement lui était désagréable. Eh bien, dit Lotti, à l'occasion, vous pourriez peindre ou dessiner mon portrait. Wank laissa retomber ses bras. Non, dit-il. Ne suis-je pas assez belle ? demanda-t-elle. C'est dimanche, là en-bas ? cria Krebs en direction de la cave. Lotti bondit et Wank termina mécaniquement la Dame à la rose.

Lundi, il avait de ses propres yeux vu tondre la pelouse de la piscine. C'était mercredi, maintenant, et les brins d'herbe que Wank arrachait pour vérifier la justesse de son impression atteignaient déjà la longueur d'un filtre de cigarette. Depuis quand ce qu'on coupait fin août repoussait-il avec une telle précipitation ? Wank commanda un hamburger au kiosque et demanda en passant au maître-nageur si on arrosait la pelouse. Le ciel, rien que le ciel, dit le maître-nageur. Wank dit que c'était surprenant que ce gazon repousse si vite, alors qu'il avait pas plu depuis quatre semaines. Le maître-nageur dit : Avec ou sans ketchup ? — Avec, s'il vous plaît, dit Wank et il regagna son coin avec le hamburger.

A midi et demi, il entendit les informations et les prévisions du temps, à plusieurs transistors. A part une couronne de nuages qui encadrait la plaine du Pô, l'Europe était et resterait ensoleillée. Wank ne connaissait personne à qui il aurait pu demander si la couronne de nuages était normale. Il n'y avait pas à dire, la seule mention de ce détail météorologique était un peu bizarre et faisait penser à un message codé. La chaleur me fait dérailler, pensa Wank, j'aspire presque à une escadrille d'air polaire bien humide.

Allongé, il contemplait son nombril, au creux duquel brillait une goutte de sueur, et pour la première fois, il prit vraiment conscience de ce qu'un jour il avait été relié au système sanguin de sa mère. Il ne parvint pas à se penser en tant que fœtus, mais crut soudain comprendre pourquoi le «nombrilisme» était une injure. Le stigmate plissé, au milieu du ventre, rappelait la naissance, une dépendance gênante. Chose étrange, néanmoins, c'était précisément la contemplation de la partie du corps qui attestait de manière visible l'existence d'un contact extérieur dès le stade de l'embryon qui passait pour associale. La condamnation du nombrilisme au sens figuré ne lui paraissait pas défendable non plus. Comment peut-on percevoir le monde en s'omettant soi-même ?

Sami, assis en tailleur à la porte de l'immeuble, grattait les cordes de son ukulélé. Wank lui passa la main sur la tête et demanda : Tu me laisses passer ? Sami grinça des dents, redressa son cou bref et massif et dit : Y a quelqu'un, là-haut, quelqu'un. — Où ? demanda Wank. Chez toi, dit Sami. Quelqu'un qui veut me voir m'attend en haut ? — Oui-oui, dit Sami, avec une caresse pour la jambe de Wank. Wank monta, intrigué. Kurt était assis devant la porte de l'appartement. Vous avez des minus dans la maison ? demanda-t-il. Pourquoi ? demanda Wank. Celui d'en-bas, dit Kurt. Wank constata que Wank avait bu. Il répondit qu'il s'agissait de l'enfant mongolien d'une famille de l'immeuble, et qu'en fait, ce n'était pas lui qu'il attendait, mais Silvia. *Ma* Silvia ? demanda Kurt. *Ta* Silvia, dit Wank. Ahah, et qu'est-ce qu'elle vient faire ici ? — Elle vient causer de choses et d'autres. — Ne crois pas un traître mot de ce qu'elle te dira, dit Kurt, elle ment, elle a perdu la boule et elle cherche des complices. — Je vais te faire du café, dit Wank. Est-ce que tu as dormi sous un pont ? — Non, dit Kurt, quand ils furent installés à la table de la cuisine. A cet instant, on frappa. Wank ouvrit et fit entrer Silvia. Kurt lui lança un regard de défi, Silvia s'arrêta et demanda : C'est une conspiration masculine ? — C'est le hasard le plus pur, dit Wank. Avant même de s'asseoir, elle sortit de son sac à main son paquet de cigarettes. Tu as changé de marque ? demanda Kurt. Silvia prit place. Bizarrement, il lui donna aussitôt du feu. Wank observa que l'allumette de Kurt et la cigarette de Silvia tremblaient à peu près aussi fort l'une que l'autre. C'est ça, le mariage, songea Wank, et pour finir, le camion de déménagement. Kurt dit : Ça doit être la marque que fume Zander. Silvia ne répondit pas et Wank remarqua quelques rides verticales qu'elle avait entre le nez et la lèvre supérieure. Dire que tu en mouilles pour ce gros tas ! s'écria Kurt. Je t'en prie, dit Silvia, et Kurt poursuivit : Dès la première seconde, il m'a dégoûté, la fois où nous sommes allés le voir ensemble ; un albinos aux dents jaunes parlant le dialecte saint-gallois, c'est bien ça ? Silvia ajouta aimablement : Tu as oublié le roux de sa toison pubienne. Wank éclata de rire, Kurt avala sa salive, puis une larme roula sur sa joue et disparut dans les poils hérissés de sa barbe. Non, Kurt, dit Silvia, c'est inutile de faire du chantage avec ta faiblesse. — Ça, c'est dur mais ça fait réfléchir, pensa

Wank, tandis que Kurt disait : Elle a été un perroquet toute sa vie, mille bouteilles qu'elle a piqué cette phrase quelque part. —Tu n'es pas objectif, dit Wank, et Silvia dit : Tu es un goujat. — Faites seulement alliance, dit Kurt, ça ne m'empêchera pas de dire la vérité. — C'est clair, s'écria Silvia à son tour en tamponnant avec un mouchoir en papier les gouttes de sueur qui perlaient au creux de ses clavicules, c'est clair, c'est toi qui as toujours raison, toi, le monumental diseur de vérité, toi qui ne te remets jamais en cause et qui n'es même pas fichu de faire un travail sur toi-même. — S'adressant à Wank, elle ajouta : Comment veux-tu vivre avec un type qui a toujours raison et qui reste toujours le même ? — Là, Wank aurait voulu dire quelque chose de conciliant, mais Kurt n'était pas disposé à attendre la médiation de Wank, au contraire, il répondit à Silvia du tac au tac, dans un chuchotement inquiétant : Si *quelqu'un* reste toujours le même, c'est bien *toi*, chez qui le mensonge est congénital et le dévergondage définitif. — Mazette, répondit Silvia, que c'est bien dit. —Je m'en vais, dit Kurt. Typique, dit Silvia. Kurt se leva et se rassit. Mais avant de partir, je vais raconter à Moritz notre dernière petite histoire, dit-il. Il y a deux mois, elle est rentrée de Zäziwil, d'un cours annoncé dans une revue sous le titre «Grandir ensemble à Zäziwil». Donc, elle rentre, se met au lit, toute raide, et me reproche... — Laisse tomber, interrompit Silvia, ça n'a rien à voir ! — Comment ça, parfaitement, que ça a quelque chose à voir ! s'écria Kurt, et cette fois, peut-être, et pour la seule et unique fois de ta vie, tu me laisseras causer ! Bref, elle se couche, là, raide comme une trique, et me reproche d'avoir une fixation à la pénétration, grand Dieu, mais même ça, même ça, j'ai essayé de le comprendre, je me suis adapté et j'ai changé ma manière de faire, encore que les semaines suivantes, les doigts m'en soient presque tombés. Et comment elle me remercie ? Elle se fait sauter deux fois par semaine par Zander, crac, boum, hue, allez, je file.

Au bout d'un long silence, Silvia dit que tout était bien plus compliqué, et que les descriptions de Kurt étaient extrêmement déformées. Wank dit qu'il se creusait la tête à propos de l'expression «fixation à la pénétration», qu'il n'avait jamais entendue et ne comprenait pas. Silvia alluma une cigarette et débarrassa les tasses à café. Devant l'évier, il l'entendit pouffer de rire. Il rit à son tour, soulagé, et pour cette raison peut-être, plus fort que d'habitude. Elle se retourna, lui montrant son visage en larmes. Wank détourna les yeux. Marcher dans un champ de neige, tout seul ! Il regarda l'heure. Je m'en vais, dit-elle et elle s'assit. Elle avait le visage arrondi et les yeux couleur de limon, très écartés. De beaux yeux, mais pourquoi ne pas laisser ses sourcils tranquilles ? Qui poussait les femmes à épiler la moitié de leurs sourcils ? Silvia dit : Tu penses sûrement que je suis du MLF. Wank, qui se demandait où avait bien pu passer le casse-noix, répondit : Pas forcément, d'ailleurs j'aime bien les femmes libérées, elles me déchargent de mes responsabilités. — Elle demanda : Que penses-tu de notre relation, avec Kurt, tu nous donnes encore une chance ? Alcacyl, moutarde, papier WC, lut-il sur le feuillet fixé à la porte du frigidaire par une coccinelle magnétique. On pourrait me croire indifférent, pensa Wank, alors que je ne suis qu'incompétent. Je vous considère vraiment comme un couple, dit-il, et quoiqu'il ait hésité en prononçant cette phrase, Silvia lui jeta un regard reconnaissant et acquiesça de tout son corps.

Il la raccompagna jusqu'en bas. Sami était toujours devant la porte. A présent, il tiraillait sa minuscule quéquette en chantonnant. Cette fois, Silvia pouffa pour de bon, et Wank fut soulagé de la voir s'éloigner d'un pas alerte. Sami lui demanda — il fallut longtemps à Wank pour le comprendre — pourquoi un bouquet de fleurs était quelque chose de beau. Wank se lança dans une explication, mais au même moment, Sami, qui semblait pouvoir vivre sans réponse, se mit à chanter.

Le fait que madame Schnorf, qu'il rencontra dans l'escalier, ne soit plus madame Schnorf depuis la fête du samedi précédent, mais Pia, lui parut une erreur. Et quand il l'entendit lui crier de loin déjà salut Moritz, il éprouva ce qu'il ressentait, enfant, quand des étrangers lui tapotaient la joue. Salut, dit-il, il fait chaud. — Et comment, répondit madame Schnorf, presque trop chaud pour étendre la lessive. — C'est juste, fit Wank, par contre elle sèche vite. — C'est juste, dit-elle. Il dit : Et voilà. — A bientôt, dit-elle, et quand il fut en haut, elle lui cria : On se réjouit, pour samedi ! — Nous aussi ! renvoya-t-il. Par la fenêtre de la chambre à coucher, il la vit suspendre la lessive sur le coin de gazon qui s'étendait entre l'immeuble et le talus de l'autoroute. L'étendage avait beau se trouver dans l'ombre de la maison, les pinces à linge brillaient. Wank ferma les yeux. L'étendue de mon domaine préservé est illimitée, et pourtant j'ai peur.

Judith avait du retard. Il savait qu'un cabinet dentaire moderne se cachait derrière la façade moyenâgeuse de la maison de la vieille ville devant laquelle il attendait et que dans l'une des pièces du cabinet, Judith tout de blanc vêtue était sans doute juste en train de jeter le masque à usage unique, de retirer ses gants transparents et de mettre l'aspirateur de salive dans un bain désinfectant. Il le savait, mais il avait de la peine à se le représenter, du moment que malgré les instances de Judith, il n'avait encore jamais mis les pieds dans le cabinet. Elle aurait même été disposée à lui faire un détartrage gratuit, mais Wank avait également repoussé cette offre, pourtant expressément approuvée par le patron obligeant de Judith. Ce qui le retenait n'était pas le désintérêt qu'elle lui prêtait peut-être, ni l'entêtement qu'elle lui reprochait, mais uniquement sa crainte religieuse de tout ce qui avait à voir avec les dents. Si c'est comme ça, avait dit Judith, je ne comprends pas pourquoi tu as justement choisi pour amie une hygiéniste dentaire. C'était curieux, en effet, avait confirmé Wank, mais enfin, six ans auparavant, au moment où il était tombé amoureux d'elle à une fête dans l'atelier de Rötzel, il n'avait pas pu deviner ce qu'elle faisait comme métier. Et si tu l'avais deviné ? avait demandé Judith, et il avait répondu qu'au-dessus du lit conjugal de ses grands-parents, une sentence latine était accrochée, encadrée, calligraphiée, qui disait *Amor vincit omnia,*

Judith avait dit qu'elle comprenait seulement amor, Wank avait décrété que ça suffisait.

Elle vient tout de suite, dit l'assistante dentaire que Wank ne connaissait que dans son rôle de guetteur. A coup sûr, je lui fais l'effet d'être un petit chien, pensa-t-il, et il se fit immédiatement l'effet d'être un petit chien. Mais à cet instant précis, Judith franchit la porte battante. A sa radieuse apparition, Wank sentit son cœur bondir. Elle avait relevé ses cheveux et portait une robe à bretelles, corsage ajusté et jupe ample, légère, d'un bleu lumineux. Tu n'as pas le droit d'être aussi belle, dit-il, tous les hommes vont te happer au passage. — Je n'aurais même pas l'énergie de me défendre tellement je suis épuisée, dit Judith : dix gueules à cinquante minutes chacune, des restes d'aliments pourrissants, des dents entartrées, des pyorrhées alvéolaires, et moi toujours polie, gentille ; mais je finirai bien par enfoncer la cupule rotative en caoutchouc dans le palais d'un client. — Fais-le, dit Wank en l'enlaçant. La bouche est le plus répugnant des trous, dit Judith.

Ce n'est qu'à la terrasse du restaurant, quand ils furent assis l'un en face de l'autre, qu'il remarqua l'asymétrie de son visage. Décidément, elle n'allait pas bien du tout, car chaque fois qu'elle allait mal — il l'avait constaté en faisant une étude pour son portrait — son nez se déplaçait d'un rien vers la gauche. Tu as congé la semaine prochaine, dit-il, tu viendras enfin prendre le soleil. — Et s'il pleut ? demanda-t-elle. Alors tu dormiras et je veillerai sur ton sommeil ; du reste, la zone de haute pression est stable sur toute l'Europe. — Comment va ton abcès, demanda-t-elle, est-ce que tu fais des compresses de camomille ? — Je crois bien qu'il pousse, mais en ce moment, tout pousse, les feuilles de rhubarbe des Schnorf sont déjà grandes comme des parapluies. La serveuse apporta le vin et les salades qu'ils avaient commandées. Elle portait des sandales noires avec de fines lanières autour des chevilles, et Wank raconta qu'il avait voulu s'acheter des sandales et qu'il avait été pris de vertiges. Et comme d'habitude, tu n'as pas pu te décider ? demanda-t-elle. Il dit que son indécision l'exaspérait lui-même. Les hommes debout à côté de lui au pissoir, qui se soulageaient comme il était probable qu'ils vivaient, sûrs, adroits et résolus, eh bien il les enviait. Moi pas, dit Judith, et tu ne le devrais pas non plus, l'assurance est la marque du rustre. — Estomaqué, Wank la dévisagea et lui demanda d'où elle tenait ça. De Chine, dit-elle. Question sentiments, dit-il en chassant une guêpe avec sa serviette, question sentiments, je suis en tout cas très sûr, et la première fois que je t'ai vue, chez Rötzel hélas, j'ai tout de suite été fixé. — Flatteur, dit Judith, mais laisse donc cette guêpe tranquille. Wank dit qu'après que le Bon Dieu eut créé l'abeille, le diable voulut en faire autant et le résultat fut la guêpe, et qu'à propos, il avait rencontré Rötzel, la veille, qui lui avait reproché de faire une peinture éthérée. J'espère bien que tu ne te laisses pas impressionner par ce petit père à kitsch, dit-elle. Il sentait, dit Wank, que le reproche de Rötzel résonnait en lui. Il avait, lui aussi, longtemps envisagé la peinture comme une forme d'approche, une manière de s'enfoncer dans le monde et la réalité, une tentative de relation. Du moment que les choses — une ampoule électrique, un ongle de pied, un brin d'herbe — lui avaient toujours paru inintelligibles ou en quelque sorte, inaccessibles, il s'était évertué à les rejoindre ; pendant des années ; il avait littéralement fait sa cour aux objets et acheté — exprès pour eux — les pinceaux en poils de martre les plus coûteux. Wank se tut. La serveuse enleva les assiettes, et Judith lui prit la main. Elle est chaude et moite, dit-il, et il voulut la retirer. Mais Judith la tenait fermement. — Et puis ? demanda-t-elle. Merde, dit-il, quelle prétention, ils ricanaient, mes tableaux. Sur quelques-uns néanmoins, l'étrangeté des choses était visible, mais cela me semblait précisément dépourvu de sens, étant donné que c'était justement elle, l'étrangeté, que je voulais surmonter. — Pourquoi ne peux-tu pas l'accepter ? demanda Judith. Wank réfléchit longuement et interrogea à son tour : Que fait un fiancé qui, au moment où il veut retirer le voile de sa fiancée, s'aperçoit que le voile adhère comme une deuxième peau ? — Il tire, il arrache, dit Judith. — Exactement, et un jour ou l'autre, il laissera tomber et se détournera. En tant que peintre, poursuivit Wank, c'est bien ce qu'il avait fait. Ses tableaux étaient devenus toujours moins figuratifs, il en avait extirpé sans pitié tout ce qui pouvait rappeler un objet, et quand un visiteur, dans son atelier, lui avait sournoisement demandé si l'autoroute «entrait» dans «ce qu'il faisait», et dans quelle mesure, il l'avait rendu attentif aux triples vitrages des fenêtres. Mais un moment est venu où moi-même, je me suis trouvé déconcerté devant mes tableaux, et ils m'ont semblé aussi étrangers que les objets que j'en avais bannis. — Donc, inutile d'abandonner la fiancée, constata Judith. L'addition ! cria Wank, et sur le chemin du retour, il déclara que si on pouvait copier la réalité, on ne pouvait pas la saisir, et qu'il préférerait que ce soit l'inverse. Judith s'arrêta. Mais qu'est-ce que c'est que la réalité ? demanda-t-elle, et elle lui donna sa langue. Incapable de répondre, il sentait la pulsation au creux de l'aine.

Plus tard, au lit, il déclara que la seule évidence, c'était d'être là, allongé à côté d'elle. Elle demanda s'il voulait vraiment vieillir avec elle. Wank lui parla de Kurt et Silvia, et dit que ce qui était dégradé l'accablait, certes, mais le stimulait, aussi. En tout cas, pendant que Silvia et Kurt se disputaient, il s'était figuré combien tout aurait pu être plus réussi. Les blindés se reproduisent comme des rats, dit Wank, et l'énergie des amoureux s'évapore en pure perte, oui, je le veux. Judith dit qu'elle aurait bientôt trente ans, que son corps allait se délabrer et perdre son attrait. Wank dit qu'il avait presque quarante ans et du tartre aux dents. Judith se pelotonna contre lui et déclara qu'alors tout était bien.

Quand ils furent assis à la cuisine, Wank délicieusement las, Judith les joues empourprées et sa chevelure, qui restait dorée même à la lumière artificielle, dénouée, elle demanda s'il était permis d'être heureux. Wank dit qu'il fallait toujours considérer les sentiments intimes avec les yeux d'un général en chef, puis les évaluer de manière diamétralement opposée au jugement que porterait ledit général en chef. Ce jugement inversé à 180° était le bon. Judith voulait-elle par exemple savoir si la tendresse était licite, elle n'avait qu'à effectuer le test indiqué. Judith déclara qu'elle se passait du général pour connaître la réponse. Wank dit qu'il avait fait exprès de choisir un exemple facile pour l'introduire à sa méthode. Répondre à la question qu'elle lui avait posée était infiniment plus difficile, parce que les sentiments de bonheur peuvent varier du tout au tout, il y en a même certains qu'un général évaluerait de manière positive, et qui sont donc à proscrire. Wank se tut, et comme on pouvait s'y attendre, Judith demanda : Par exemple ? — Il y a par exemple le bonheur du Suisse qui dans un restaurant en pleine jungle tombe sur un morceau d'Emmental. — Non, il n'avait pas le droit de donner des clichés pareils comme exemples, décréta Judith. Il s'en serait abstenu, dit Wank, s'il ne l'avait pas vécu cinq ans auparavant, à Sumatra. C'est vrai ? demanda-t-elle, il y a vraiment des patriotes aussi ignobles ? — Il y en a, dit Wank, sans lui révéler que ce Suisse qui, en terre étrangère, s'était laissé émouvoir par un fromage du pays, c'était lui.

Tout en boutonnant sa robe, Judith dit qu'elle le priait de ne pas se rebiffer, comme le lundi précédent, mais qu'elle voyait bien que quelque chose le tourmentait, même maintenant qu'ils étaient si bien ensemble. Ce qu'il avait, dit Wank, il ne le savait pas, et tout ce qu'il savait, il le lui avait dit. Judith peignait ses longs cheveux. Enfant, il avait regardé un jour quatre hommes abattre un peuplier blanc.

Quand il fermait les yeux, ces derniers temps, cette image lui revenait souvent, et il ressentait la même chose qu'alors. Quoi donc ? demanda-t-elle. Ce que ressent un enfant qui regarde abattre un peuplier blanc, répondit Wank. Judith lui demanda s'il se prenait pour son maître d'école. Il dit que quand ils étaient rentrés, elle avait prétendu que dans sa chambre à coucher ça sentait comme dans la maison des éléphants au jardin zoologique, et qu'il n'avait pas demandé : Et ça sent comment ? — Judith soupira. Wank dit qu'elle n'avait pas à soupirer en prenant de grands airs. Judith demanda : Mais qu'est-ce que tu as, à la fin ? Wank cria qu'il ne le savait pas.

IV

Krebs apporta lui-même une bière à la cave. Et les Beaux-Arts, qu'est-ce qu'ils disaient de bon ? Wank dit qu'ils allaient pour leur pain. Wank n'avait qu'à remercier le ciel de ne pas diriger une entreprise ; lui-même, Krebs, par exemple, n'était pas un homme libre. Wank dit qu'il ne disait pas le contraire, mais que même un homme libre doit manger et qu'à propos, il se permettait de lui demander une augmentation de salaire ; ou une prime de chaleur, au moins. Ce n'était pas bien du tout, rétorqua Krebs, d'abuser de sa bonne humeur et de présenter des revendications pareilles sans crier gare. Wank dit qu'il ne faisait que solliciter. Tout artiste qui se respecte a commencé par manger de la vache enragée, dit Krebs ; et d'ailleurs, il ne saurait être dans l'intérêt de l'employé de ruiner son employeur par des prétentions exorbitantes. Wank s'étrangla et eut un accès de toux. Krebs lui tapa dans le dos en disant qu'il avait décidé de décorer aussi les vitrines de ses filiales avec des figures peintes, ce qui, pour Wank, représentait une sécurité à long terme, d'autant plus qu'à l'avenir, afin de rendre les scènes plus vivantes, des silhouettes d'animaux s'ajouteraient aux figures humaines, surtout des chats et des poules, grandeur nature également, toujours acryl sur novopan, qu'en dites-vous ? Wank resta silencieux. Il connaissait des armées de peintres prêts à s'arracher le mi-temps de Wank, dit Krebs. Encore une bière ? Dieu m'en préserve, dit Wank, je ne veux pas vous ruiner. — Bon, puisque c'est vous, disons trois francs de plus par figure ; je vous considère comme doué, vous savez ; en tout cas vous promettez ; et j'ai du flair. — Pour la peinture sérielle ? demanda Wank en désignant les figures alignées contre le mur. Pour ça aussi, dit Krebs.

Wank alluma la radio et se remit au travail. J'aurai trente-huit ans à la fin du mois — ou trente-neuf ? Pour le reste, rien n'est sûr. A New York, disait la radio, l'exposition Gustave Mahler fermerait ses portes à la fin du mois. Ça aussi, c'était sûr. Dans une vitrine, on pouvait même voir exposée la chemise mortuaire de Mahler, en flanelle, couleur de crème. A-t-il été enterré sans chemise ? se demanda Wank, et ne dit-on pas plutôt couleur crème ? De toute façon et quoi qu'il en soit, moi, je ne vais pas moisir dans cette cave. — Vers midi, il nettoya ses mains et ses pinceaux, remonta et demanda à Rita ce que c'était au juste que la flanelle. Rita lui dit que c'était un tissu de laine ou de coton, moelleux et lainé. Moelleux *et* lainé ? demanda-t-il. Oui, dit Rita, puis elle lui demanda à son tour s'il savait que les clients et les passants étaient complètement entichés de ses figures. Non, dit-il. Et si le patron ne lui avait pas dit qu'elles étaient déjà toutes promises et vendues au prix fort pour la fin de la saison. Non, dit-il, et Rita chuchota : Au moins quatre cents francs pièce ! — Ah bon, dit Wank, et dans la première cabine téléphonique venue, il composa le numéro de Otto A. Dürsteler. C'était à propos de l'annonce qu'il avait trouvée récemment sous son essuie-glace, dit-il. Il s'intéressait à un revenu accessoire et se permettait de demander de quel genre d'emploi il s'agissait. Wank avait récité cette phrase sans buter une seule fois, et Dürsteler répondit avec une égale courtoisie qu'il était à la recherche d'un certain nombre de personnalités pensant en termes de challenge pour le service externe. Sans avoir la moindre idée de ce que cela pouvait bien vouloir dire, Wank sentit qu'il ne correspondait pas à ce que cherchait Dürsteler. Il se racla la gorge, Dürsteler lui demanda s'il était fort en communication, Wank raccrocha.

Il s'acheta un canapé et une boîte de bière, revint au parking de l'entreprise et ouvrit les deux portières. Assis dans la fournaise qui se dissipait lentement, il but et mangea. Les bruits de la ville lui parvenaient assourdis, comme s'ils avaient dû ramper longtemps avant de parvenir jusqu'à lui. Quand Wank penchait la tête à droite, la plaque de laiton accrochée à côté de la porte de service de la maison Krebs l'éblouissait. Sur les moulures de molasse, des pigeons couraient de gauche à droite, s'arrêtaient, sursautaient, couraient encore en roucoulant absurdement. Wank ferma les yeux. Il vit Friedmann, son ami de jeunesse, il le vit sortir de la ville, un carton à chaussures sous le bras, il sifflotait, peut-être, il le vit gagner les prés, la forêt, choisir le bon arbre, ouvrir la boîte. Non, dit Wank en empoignant le volant brûlant, personne n'a le droit. Quand j'aurai soixante-dix ans, il en aura toujours vingt-quatre, il portera ses pantalons jaune Naples et critiquera la marche du monde. Tout me dérange, qu'il dira, même le givre. Aujourd'hui, dirait Friedmann, le printemps est venu par inadvertance, j'ai sucé une fille, la paille était pliée. Friedmann sera assis sur l'escalier de l'école d'art, sans un cheveu blanc ; chez moi, dirait-il, le petit-déjeuner, c'est le repas de l'espoir, mais après, il y a la rue, puis les hommes, qui ont tous gigoté comme des mignons avant de tendre de façon mystérieusement mécanique en direction de la pile de cravates ; puis viennent les femmes, douchées de frais, maquillées de frais, et pourtant bougrement étrangères. Non, dirait Friedmann, non merci, Moritz, très peu pour moi !

Wank sortit de la ville. Il roulait lentement, et pourtant un insecte après l'autre venait mourir contre son pare-brise, ne laissant qu'un crachat gluant. On tue sans trêve, pensa Wank, et plus la victime est petite, plus mince est le remords. Il naît avec l'écureuil qu'on voit se convulser dans le rétroviseur, pas avant. Escargots et grenouilles ne comptent pas. Les hérissons, à peine. Un chevreuil compte plus qu'un renard, un bouquetin plus qu'un chevreuil. Le chien est-il encore en vie ? Il avait été éjecté à cinq mètres en vol plané, Wank était descendu de voiture en tremblant et avait cru que le paysan accourait pour l'assommer, mais il voulait seulement savoir s'il y avait un dégât à la voiture. Quant au chien, il ne l'avait pas volé, avait dit le paysan, et le chien s'était remis sur ses pattes, ébroué et éloigné.

Wank connaissait le trajet ; pourtant, il n'avait jamais remarqué les ombellifères géantes, au bord de la chaussée. Elles sont au moins deux fois plus grandes que toi ! Judith sourit, mais j'insiste, je prétends que les tiges sont grosses comme le bras, et les ombelles, gigantesques. Tu exagères, dit Judith. Et je réponds : c'est la nature qui exagère, pas moi. Si Judith répond que la nature ne se trompe jamais et que la croissance est une belle chose, je veux en convenir ; il y a des angoisses qui m'appartiennent. Wank traversait un village désert.

Ici-bas, couronne d'épines
Dans les cieux, couronne divine

lut-il au-dessus du porche de l'église, et cette inscription aussi, c'était la première fois que Wank la remarquait. Il la garda en mémoire. Au-delà de la dernière maison s'étendait un champ de maïs. Gorgé de soleil, il luisait comme une armée de gladiateurs frottés d'huile. Un écriteau, dans le fossé, indiquait «semis expérimentaux». Wank était seul sur la route, il mit tout de même le clignotant avant de tourner à droite. Il se parqua à la lisière du bois, resta assis dans la voiture, regarda par la fenêtre de droite un champ de chaume sur lequel on avait oublié ou perdu deux ou trois ballots de paille, et regarda par la fenêtre de gauche le tronc argenté et violet pâle du hêtre funèbre. La branche qu'avait utilisée Friedmann avait disparu depuis longtemps ; très haut, hors d'atteinte, se déployaient feuilles et ramures. Mais en gris brun sur le tronc clair, comme une cicatrice tremblotante, on pouvait encore distinguer la lettre A que Friedmann avait gravée dans l'écorce avant de s'en aller — on en était sûr, le couteau ayant été retrouvé au pied de l'arbre. C'était la dernière énigme qu'il avait laissée à la postérité, et personne n'avait réussi à la résoudre. La seule chose certaine, c'est qu'il n'avait aucune amie dont le nom commençât par la lettre A. La mère de Friedmann puisait un médiocre réconfort dans la certitude qu'A figurait pour «Amen». Le père de Friedmann y voyait plutôt l'abréviation d'«Adieu». Wank leur avait donné raison à tous deux, et gardé pour lui sa propre hypothèse. Il tirait sur sa cigarette à demi consumée, tout en ayant déjà envie de la suivante. Et si Friedmann le prenait à partie, maintenant, et lui demandait s'il avait raté quelque chose, ces dernières années ? Wank serait bien obligé de répondre qu'il n'en savait rien. Il n'y a rien eu de bien gai, les cous de taureaux se sont multipliés à toute vitesse et ils ont tout fait pour amplifier la catastrophe. Tout ce qui t'oppressait est encore là, et pourtant, tu aurais dû rester, oui, tu as raté beaucoup de choses, tu nous manques, et chaque suicide renforce le camp des buffles. Wank descendit de voiture. Il prit le chemin qu'il avait parfois suivi avec Friedmann, puis avec Martine, puis avec Judith, et il sentit la fraîcheur du bois et la chaleur des champs moissonnés.

Il marchait au milieu, sur la piste herbue, entre les deux ornières de cailloutis. Ce chemin est beau. Il n'enlève aucune bassesse de ce monde, mais il adoucit le désespoir qu'on peut en avoir. Ne ris pas, Friedmann, on a besoin de trêves, pour souffler. Quatorze ans durant, tu aurais pu te promener, embrasser, rêver et te dorer au soleil, et chaque bon moment aurait dilué le poison d'un mauvais, oui, tu as manqué bien des choses ; non, ce n'est pas un sermon, c'est un discours politique, les paralysés et les suicidés engraissent le sol dans lequel prospère ce qui paralyse et assassine, tu peux bien rire. Wank se pencha. Une souris grosse comme une noix était tapie au bord du chemin. Son corps palpitait au rythme du cœur, une mouche était posée sur son œil. Wank la chassa. Elle revint se poser sur l'autre œil. Wank s'éloigna, tout ce qu'il avait dit à Friedmann l'écœurait, et il quitta le chemin pour suivre le sentier moussu qui s'enfonçait dans la forêt.

Il vit la mangeoire de loin. Elle était à l'écart dans le sous-bois, quelqu'un était assis sur la traverse. Wank s'arrêta et s'efforça de respirer plus doucement. Il profita du cri d'un geai pour reculer de quelques pas et se cacher derrière le tronc d'un chêne. La tête de l'inconnu était renversée en arrière, en sorte que ses yeux, n'eussent-ils été fermés, auraient pu contempler les cimes des arbres et un coin de ciel. Sa bouche remuait tandis que sa main droite passait et repassait sur son sein gauche. L'autre main tenait un livre. Wank était tout tremblant. J'ai le droit de me promener ici à ma guise, songea-t-il en se retirant sans faire craquer la moindre branchette. Sur le chemin, il se mit à courir pour exhaler son malaise, jusqu'à ce que l'épisode lui fasse l'effet d'une apparition pittoresque. Il s'assit dans un champ de trèfle et se releva brusquement en entendant un tracteur approcher, bien convaincu que tout paysan découvrant un homme adulte assis dans un champ de trèfle à deux heures de l'après-midi nourrit obligatoirement des soupçons. Un jour viendra où ça me sera égal qu'on me prenne pour un prisonnier en cavale. Un jour viendra où tout ce qu'on pourra penser de moi, même de bienveillant, me sera indifférent, et je me rapprocherai de l'indépendance du chien qui lève la patte quand bon lui semble. Le paysan, du haut de son tracteur, lui fit un signe de tête, Wank continua sa route en direction du village. Il contourna le prunier sous lequel Martine lui avait annoncé qu'elle avait rencontré un Grec prénommé Nicos mais qu'elle voulait le garder, lui, Wank, comme bon camarade. Pendant ses explications, Martine croquait une prune. Wank savait déjà, à vrai dire, que la phase terminale d'une relation est presque toujours caractérisée par le besoin d'accumuler les grossièretés, que vers la fin — comme les ombres s'allongent à mesure que le soleil descend — les défauts du partenaires se multiplient, ou semblent se multiplier. Le plus affligeant, dès lors, n'est plus la séparation, mais la suspicion d'avoir vécu avec un monstre. Malgré tout, l'aveu de Martine et son absence de sensibilité avaient laissé Wank stupéfait, et pendant un instant, il s'était senti pareil au noyau de prune qu'elle avait, à la fois enjouée et énergique, craché dans l'herbe. Enfin,

Martine avait tout de même fini par pleurer, si bien que Wank, pour la première fois de sa vie, s'était trouvé dans la situation d'avoir à consoler une femme qui souffrait de ne plus l'aimer. Bizarre, je n'ai oublié aucun affront : tes doigts sont comme des saucisses, m'a dit un camarade il y a trente ans pendant une course d'école, et ce camarade portait un polo rayé bleu et blanc, je m'en souviens, mais pas des mots d'amour, pas des seins de Martine, tout s'est effacé.

Peintre, c'est peintre qu'il faudrait être, songea Wank en s'accroupissant, presque ébloui par l'écarlate du ballon qui contenait encore juste assez de gaz pour flotter à quelques millimètres au-dessus de la rosette verte et vernissée d'une betterave. Coupants, blancs, les squelettes des feuilles se haussaient au-dessus des surfaces charnues, on aurait dit qu'eux aussi flottaient, et qu'ils voulaient toucher le ballon. D'où venait-il ? Wank ne trouva aucune étiquette ; en fait, il lui suffisait de savoir que ce ballon, d'une manière ou d'une autre, était tissé à l'âme d'un enfant.

Assis dans l'auberge du village, en face de la table des habitués et d'une vitrine contenant un petit renard de bronze, Wank s'avisa que le champ de betteraves le faisait penser aux cous adipeux des joueurs de yass. Il commanda tout de même une assiette de lard cru. La patronne était enceinte. Elle lui demanda s'il voulait le lard débité en tranches ou d'un seul morceau. Entier, dit-il. Elle n'était ni aimable ni désagréable, mais distraite, mélancolique peut-être. En lui apportant sa bière, elle lui dit : Pardon monsieur, vous avez dit en tranches ou entier ? — Entier, dit Wank. Il lui fut facile de le dire sans impatience. L'attente ne le contrariait pas. La seule chose qui le gêna, c'est que la patronne, plus tard, pendant qu'il mangeait, vint s'asseoir à sa table, par conscience professionnelle probablement, puisqu'il était le seul client. Car elle n'était pas causante, elle s'excusa seulement pour les œillets fanés avachis dans les coupes argentées, et pour les mouches qu'il était bel et bien impossible de maintenir à distance du lard de Wank sans de constantes gesticulations. Wank n'avait pas grand chose à dire non plus. Il déclara qu'il faisait chaud. Elle demanda s'il voulait qu'elle ouvre une fenêtre. Non, c'est dehors qu'il fait chaud, à l'extérieur, dit-il. Oui, reprit-elle, on aurait besoin de fraîcheur. Wank dit que la limite de 0° se situait encore à plus de 5000 m d'altitude. L'aubergiste ne semblait pas trop savoir que faire de ce chiffre, aussi ajouta-t-il que pour la fin d'août, c'était loin d'être normal. Elle regardait dans le vide. Au bout d'un moment, elle demanda : Vous disiez ? — Wank répéta en hésitant que la limite du 0° se trouvait à 5000 m, ce qui était inhabituel pour la saison. Les choses sont ce qu'elles sont, dit l'aubergiste. Là-dessus, par bonheur, un couple de randonneurs retraités en chaussettes rouges fit son entrée. La patronne se leva en fermant les yeux. Le couple commanda du fromage et du vin blanc. L'homme demanda si, au lieu de pain frais, il pouvait avoir du *Knäckebrot.* Nous n'avons pas de *Knäckebrot,* dit l'aubergiste. L'homme fixait sa femme d'un air interrogateur, la main en cornet à l'oreille. Il n'y a pas de *Knäckebrot !* cria-t-elle.

A pas lents, Wank longeait les deux rangées de tombes. Le village ne semblait pas compter beaucoup de morts, et ils s'appelaient presque tous Kümmerli ou Haupt. Au-dessus du champ d'orge qui atteignait le muret du cimetière, coiffé de tavillons et guère plus haut que les genoux, une buse traçait ses cercles, indifférente aux raids d'une alouette. Population peu loquace, pensa Wank en lisant les épitaphes. «Délivrance» et «En paix» étaient les plus fréquentes, et à trois reprises, il trouva «Au revoir» et «Pourquoi si tôt ?» . Aucune de ces formules n'auraient convenu à Wank pour sa propre tombe, mais il ne voyait pas du tout ce qu'il aurait souhaité. Il s'avisa seulement que chez lui, il avait toute une pièce remplie de tableaux — environ deux cents — et que si jamais il venait à trépasser, Judith se sentirait, à tort, tenue de les soustraire aux déchets encombrants, et se verrait peut-être même, pour des raisons de place, obligée de chercher un appartement plus grand. En réalité, sa mère était son unique héritière légale, mais pouvait-on demander à la quasi septuagénaire de s'occuper du poussiéreux héritage de son fils ? Il est temps de faire mon testament, et c'est inconscient de n'avoir jamais parlé de ces choses avec Judith, alors que je pense souvent à l'arrêt de mon cœur et le trouve presque moins fantomatique que sa pulsation ininterrompue. Wank se dirigea vers le banc de bois qui faisait face aux deux rangées de tombes, près du petit mur. Sous un buisson, à côté du banc, il découvrit une tombe isolée, abandonnée. La stèle, un petit bloc erratique probablement, était envahie par le lierre. A sa surprise, Wank constata que la tombe n'était pas plus ancienne que les autres et que l'homme qu'on avait été enterré là huit ans auparavant portait un nom qui non seulement jurait, dans ce village, mais se distinguait même de ceux qui étaient courants dans le pays ; la même constatation valait pour l'épitaphe. Wank eut du mal à la déchiffrer, car certaines lettres étaient recouvertes d'un lichen gris. Elle disait :

Monté
Tombé
Foutu

Wank jubila. Pouvait-on résumer le cours d'une vie de manière plus percutante ? Non, au contraire, et ce n'était pas la destinée d'un seul qui trouvait ici sa formule exacte, mais celle de tous les hommes, et tant pis si les habitants du village, apparemment d'un autre avis, jugeaient leurs «Délivrance» plus appropriées. Wank s'agenouilla et de l'ongle, gratta le lichen des lettres. Il tenait à faciliter l'étude de l'inscription à d'autres visiteurs fortuits. — Grattez seulement ! prononça une voix grave, et dans sa frayeur, Wank ne cria pas, mais exhala cette espèce de soupir qui échappe quand on respire brusquement. Encore à genoux, Wank se retourna. L'inconnu, l'inconnu de la forêt et de la mangeoire, le livre à la main, lui déclara avec un sourire : — Je vous en prie, monsieur, je vous demande pardon, je ne voulais pas vous déranger. — Wank se leva. Vous m'avez fait peur, dit-il en appliquant le poing contre son cœur pour appuyer ses paroles. En fait, je voulais seulement vous dire merci, dit l'arrivant. Wank ne savait pas encore s'il avait affaire à un homme ou à une femme et cette incertitude le troublait, éveillait la même gêne que celle qu'il avait éprouvée quand il s'était caché derrière le chêne. La voix basse, le cheveu court et la poitrine plate plaidaient pour un homme ; le front et les mains, pour une femme. L'habit, un survêtement café-au-lait, était neutre, et quant à l'âge, Wank l'évalua, malgré les cheveux noirs, à soixante ans. Mais tout cela, il le nota d'un seul coup d'œil, pas très perspicace sans doute, et en même temps, il fut surpris de se voir incapable d'aborder avec naturel une personne dont le sexe lui paraissait incertain. Il avait pourtant appris que l'être humain en tant que tel est supérieur à ses formes scindées en masculin et féminin. Merci ? Mais pourquoi donc ? demanda Wank. Pour votre aimable grattage, répondit l'être humain, mais si nous allions nous asseoir ? Oui, dit Wank, et quand ils furent assis sur le banc, il vit que le livre vert clair maintenant posé entre eux était un manuel d'espéranto. Vous n'auriez pas une cigarette, par hasard ? demanda l'être humain. Soulagé, Wank qui, depuis que le personnage avait surgi, éprouvait un furieux besoin de fumer auquel il ne cédait pas pour la seule raison qu'il se trouvait dans un cimetière, répondit : Certainement ; je vous en prie. Pendant qu'il lui donnait du feu, l'inconnu lui tenait légèrement le poignet. J'aime fumer, dit-il au bout d'un instant, cela me fait du bien ; j'aime que vous utilisiez des allumettes, même dans les vétilles, il ne faut pas être stupide. — Wank sentait le dossier du banc vibrer à chacune de ses paroles, et bien qu'en allumant la cigarette, il ait observé que l'étranger n'avait que trois ou quatre poils au menton, mais pas à proprement parler de barbe, il décida de le considérer plutôt comme un être masculin. Je ne comprends pas très bien, dit-il. Mon cher monsieur, loin de moi la prétention de vous donner des leçons, je ne sais pas ce que vous pensez de l'état du monde, mais pour moi, et c'est une certitude, il est le résultat d'une addition de micro-idioties. Wank dit qu'il était du même avis, mais devait bien avouer que d'ordinaire, il utilisait un briquet. Oui, reprit l'étranger, on nous complique les choses, on nous les complique plus que jamais, même l'expérience qu'une allumette, à l'instant même où on l'utilise, pourvoit à sa propre élimination. — A ce moment, une moissonneuse-batteuse passa à côté du cimetière, et le conducteur y plongea un regard d'une répugnante curiosité. Si on le compare à ses ancêtres, il est débile, hurla l'étranger dans l'oreille de Wank, mais ça, on peut l'affirmer de la plupart d'entre nous. — Vous le connaissez ? demanda Wank, et pourquoi peut-on l'affirmer de la plupart d'entre nous ? Je le connais, je connais le village ; et vous ? pourquoi vous êtes-vous caché ? oui, pourquoi, derrière le chêne parlant ? — Mon Dieu, reprit Wank troublé, je ne voulais pas vous déranger, vous aviez l'air si... si lointain, comme en extase. — C'est bien pour cette raison que je vous ai vu, monsieur, ou plutôt, entendu, intérieurement entendu, souffrez-vous de douleurs quelque part ? — Non, répondit Wank, alors même que son abcès à l'aisselle le faisait souffrir, surtout depuis qu'il avait gratté le lichen. Tant mieux, reprit l'étranger, le principe de Vico, sur lequel vous m'interrogiez tantôt, est d'ailleurs vite expliqué. Croyez-vous que Kümmerli comprenne sa moissonneuse-batteuse ? — Il semble savoir s'en servir, dit Wank. L'étranger lui répondit d'un ton tranchant : Mais pas autrement que la ménagère, de sa machine à laver, ou vous et moi, du téléphone ou du téléviseur. — C'est bien possible, dit Wank. Et le principe de Vico ? — Le principe de Vico dit que l'homme ne comprend que ce qu'il sait fabriquer, or nous sommes, au contraire de nos ancêtres, littéralement assiégés d'objets que nous ne savons pas faire nous-mêmes, et que nous ne comprenons donc pas. A ces mots, Wank éprouva l'excitation qui l'envahissait parfois quand on formulait devant lui quelque chose qui le préoccupait, et si les mots exprimaient exactement ses propres idées ou impressions, il était un peu froissé, certes, de ce que d'autres pensent ou ressentent la même chose que lui, mais il se sentait d'autre part, et en tout premier lieu, confirmé. Malgré tout, il objecta que même un homme incapable de fabriquer tel ou tel objet pouvait être en mesure de le comprendre, la seule chose qui comptait, c'était de saisir comment il était construit et comment il fonctionnait. C'est possible, dit l'étranger, c'est fort possible, mais demandez par exemple à mille contemporains moyens qui viennent d'appuyer sur un interrupteur de vous expliquer pourquoi l'ampoule électrique s'allume. Avec un peu de chance, vous en trouverez un qui le sache vraiment. Demandez ensuite à un millier de nos ancêtres choisis au hasard comment fonctionne une lampe à huile. Si vous n'avez pas de chance, vous en trouverez un qui l'ignore, oui monsieur, nous sommes tous devenus débiles, et si l'on considère que nous vivons non seulement parmi des *objets* incompris, mais encore au milieu d'un fouillis *d'événements* qui nous échappent... L'étranger s'interrompit et se leva en disant : Excusez-moi un instant... — Je vous en prie, dit Wank, et il se demanda même s'il ne se joindrait pas à lui — en signe de complicité. Il y renonça, mais vit l'étranger disparaître juste derrière le buisson voisin du banc, celui-là même sous lequel se trouvait la tombe ensauvagée. Cependant, un peu plus loin, certes, mais à bonne distance de la tombe, d'autres bosquets se présentaient en nombre suffisant, il y avait même un thuya. Monsieur, criait à présent l'étranger de derrière l'arbuste, cher monsieur, il est vrai que mon mari a toujours eu des rancunes coriaces, mais il ne m'en veut pas de mouiller sa tombe, ça ne le dérange pas, j'en suis sûre, je le sais parfaitement. — Par chance, une demi-minute s'écoula avant son retour, si bien que Wank, sa stupeur surmontée, parvint à lui sourire. Elle lui rendit son sourire, et ce fut l'évidence : un tel sourire appartenait à une femme, seule une femme pouvait se lisser les cheveux de la sorte. Wank pensait aux figures à double sens qui l'avaient toujours enchanté dans son enfance et qui, selon le point de vue qu'on adoptait, représentaient, par exemple, un homme chauve ou un rongeur. Il était souvent très difficile d'engager délibérément le processus de métamorphose, et cette fois non plus, Wank n'y parvint pas ; la femme qui était à côté de lui restait une femme, et les cernes sombres de ses yeux, qu'il avait auparavant considérés comme typiquement masculins, lui semblaient à présent typiquement féminins. J'ai parlé de «fouillis», dit la femme, et j'aimerais bien ajouter quelque chose, pour autant que vous ne soyez pas saturé ou pressé. — Ni l'un ni l'autre, dit Wank, et la femme répondit : C'est bien rare. — Elle sortit alors un petit bout de papier de son manuel d'espéranto et demanda : Puis-je vous lire ma phrase favorite ? — Je vous en prie, dit-il. Alors écoutez : «Se retrancher derrière l'incapacité de comprendre le monde, c'est refuser de changer le monde.» — Vous m'embrouillez, dit Wank, n'avez-vous pas dit, voilà cinq minutes, que cette impuissance nous est imposée comme une marque au fer rouge, que nous le voulions ou non ? Quant à votre phrase favorite, elle fait comme si, à condition d'être assez audacieux et intelligents, nous pouvions comprendre et changer le monde. Que croire ? — L'étrangère demeura silencieuse, fermant les yeux et caressant ses tempes du bout de ses majeurs. Puis elle dit : Même ce qui nous est imposé nous flétrit, et deuxièmement, une phrase favorite sert à nous tenir en éveil. En avez-vous une ? — Ce fut au tour de Wank de se taire, puis après avoir allumé une cigarette, il dit doucement : J'en ai une, mais pour ce qui est de me tenir en éveil, j'en doute. Voulez-vous tout de même l'entendre ? — Seulement si vous y adhérez pour de bon, sinon pas. — C'est peut-être parce que j'y adhère si fort qu'elle ne m'est d'aucun secours, vous comprenez ? — Oui, dit la femme, je comprends, et à présent, je vous conjure de m'écrire votre phrase favorite ici, au verso de la mienne. Avez-vous de quoi écrire ? — Oui, dit Wank, et il écrivit au feutre noir, le livre d'espéranto en guise de sous-main : «Les nains poussèrent des cris de surprise et d'admiration». — Cher ami, dit l'étrangère après avoir lu la phrase, il est exact que les nains poussèrent des cris de surprise et d'admiration, mais avez-vous donc complètement oublié ce qu'ils ont fait *après* avoir crié ? — Vous connaissez cette phrase ? demanda Wank étonné. Elle dit : Dans le Tyrol aussi, on raconte des contes ; A *vous* de me répondre, à présent. — Wank réfléchit un moment puis avoua : Je l'ai bel et bien oublié. — Vous voyez, dit la femme, comme l'essentiel a vite fait de sombrer ; les nains, en effet, sont aussitôt allés chercher leurs sept petits bougeoirs pour éclairer l'objet de leur émerveillement. — L'étrangère se leva. Mais à présent, j'aimerais encore vous remercier, dit-elle en désignant la tombe de son époux. Vous avez dégagé l'inscription et rendu lisible l'illisible. Aussi sûrement que ce geste d'amour attisera la haine des habitants du village, aussi sûrement ma reconnaissance vous est-elle acquise, au revoir monsieur.

La femme n'avait pas encore atteint le portail du cimetière qu'elle s'arrêta et se pencha pour ramasser quelque chose. Puis elle revint vers Wank. Mes derniers mots étaient inexacts, dit-elle, nous ne nous reverrons plus. — On ne sait jamais, dit Wank, je viens de prendre la décision de revenir m'asseoir ici bientôt. — Vous aurez observé ma maigreur, dit-elle, je pourrais avaler un pot de saindoux que ce serait peine perdue, je maigris, je perds mon rembourrage. Je me nourris essentiellement de viande, il est important d'absorber des substances animales, cependant, mes jours sont comptés. Ce qui grandit en moi ne dépasse pas la taille d'un chou de Bruxelles, mais a la forme d'un chou-fleur, vous savez sans doute ce que cela veut dire. Je n'en éprouve aucune tristesse, et je me donne avec joie à ce sol et à ces organismes. J'ai toujours débité les rognures de mes ongles en petits morceaux que je mélange à la terre de mes plantes en pot, le faites-vous aussi ? — Non, dit Wank, je n'ai pas de plantes en pot. — Une telle plante, nourrie de votre propre substance, voilà ce que je vous souhaite ; vous pourriez vous tenir devant elle comme un parent, vous pourriez prendre une de ses feuilles entre vos doigts, et vous pourriez vous dire : voilà, je touche quelque chose de familier, c'est un peu de moi-même que je touche. — Vous croyez ? demanda Wank. Ce n'est pas une question de foi, dit la femme. Je viens de trouver un objet que je veux vous remettre, je n'en ai pas l'usage. Ça vous servira peut-être, portez-vous le mieux du monde ! — Au portail, elle se retourna une dernière fois, agita la main et lui cria : Je vous souhaite une âme entendante !

Encore sous le coup, il allait à travers champs. A tout moment, il sortait de sa poche la minuscule boussole qui avait dû servir de porte-clefs, et se figeait jusqu'à ce que l'aiguille ait trouvé le Nord. Wank ne rencontra aucun être humain. Quatre vaches couchées dans un pré se levèrent précipitamment à son approche. Elles le dévisagèrent sans bouger. Je bois du lait chaque jour, mais il y a trois décennies que je n'ai plus touché une vache. Il escalada la clôture électrifiée et fit quelques pas dans leur direction. D'un même mouvement, toutes les quatre levèrent les pattes de devant et s'enfuirent à grands bonds, comme si Wank avait fait claquer un fouet. Elles freinèrent, tournèrent le cou et recommencèrent à toiser Wank. Elles ont beau être vaches, elles ont l'air bœuf, pensa-t-il. L'une d'elles leva la queue pour exhaler un mugissement quasiment interminable, grave tout d'abord, puis de plus en plus aigu. Wank s'éloigna ; la vache est l'animal domestique le plus impénétrable qui soit, et dès que je verrai Judith, j'aborderai ce sujet, peut-être même que je comprendrai ce qui la lie à sa perruche. Wank s'abstenait de toute remarque désobligeante, quoique ne sachant pas trop que faire de cet oiseau qui ne savait ni gazouiller ni siffler. Il n'y avait que son nom au sujet duquel un jour, en passant, il avait émis quelques réserves, mais il s'était heurté à des oreilles de sourde, et s'était même vu demander s'il était jaloux. Wank s'arrêta devant une chicorée sauvage en fleur. Elle aussi lui rappela Judith, qui avait prétendu tout récemment que les chicorées et les papillons citrins avaient disparu. Elle avait peut-être dit «en voie de disparition» ; en tout cas, Wank observa que presque tout ce qui lui arrivait le faisait penser à Judith, qu'un souvenir commun y soit attaché, ou qu'il se propose, sur le moment déjà, de le lui raconter. Souvent, il lui semblait même que ce qu'il vivait restait nul et non-advenu tant qu'il n'en avait pas fait part à Judith. Etait-ce normal ? Etait-ce une forme de dépendance, déjà ? Wank pensa à l'aubergiste mélancolique et déclara : Les choses sont ce qu'elles sont. — Et tout au long du chemin du retour — il avait l'impression de rentrer d'une absence de trois jours — il revit la femme de la forêt, il entendit des phrases qu'il répétait mot pour mot, comme obsédé.

De retour chez lui, il touilla un potage en boîte. Quand il fut bouillant, il poussa la casserole sur une autre plaque électrique et prit une aspirine pour mater sa migraine. Attablé à la cuisine, il se plongea dans le programme des cinémas. Un enfant du voisinage jouait de la flûte douce et vers sept heures, Judith l'appela pour lui souhaiter une bonne soirée. Wank lui dit qu'il avait la migraine. Voyant que Judith se sentait obligée de lui demander si elle devait manquer le cours d'anglais pour le rejoindre, il se reprocha ses plaintes. Il dit qu'il n'avait probablement pas de migraine du tout, mais juste le cœur gros. C'était tout aussi faux, car Judith, toute pressée qu'elle était, crut devoir lui en demander la cause. Wank dit que tout allait bien, au fond, et qu'il avait même l'intention d'aller au cinéma. Bon, dit Judith, alors à demain soir, tu m'aimes ? — Je t'aime, dit-il, et toi ? — Moi aussi, dit-elle. Eh bien, dit-il, je te souhaite une âme entendante. — Une quoi ? fit Judith. Une âme entendante, voilà ce que je te souhaite, répéta Wank d'un ton tellement sérieux que Judith n'osa pas rire, ce qui lui fit pitié. Juste une petite blague, dit-il, et elle dit : Toi alors.

Au cinéma, tout était comme toujours. D'emblée, les voisins de Wank s'adjugèrent ses accoudoirs. Wank voyait bien que ce n'était pas seulement *ses* accoudoirs à lui, mais ce n'était pas davantage les accoudoirs de ses voisins. Dans un cinéma ordinaire, il y avait tout simplement deux fois moins d'accoudoirs que de coudes, il fallait bien s'y résigner, mais Wank trouvait curieux d'avoir invariablement le dessous et de ne même pas parvenir à s'imposer ou faire ses preuves dans une lutte de pouvoir aussi futile. Mais au moment où un géant s'installa devant lui — le film principal avait déjà commencé — Wank lui donna quand même une petite tape dans le dos et lui demanda de se pousser un peu. Le géant se retourna et dit en mâchant un chewing-gum qu'il avait payé sa place comme tout le monde. Quoi qu'il en soit, il s'avachit peu à peu dans son fauteuil, si bien que Wank put reprendre le fil de ce qui se passait sur l'écran. Cependant, un épisode lui manquait, et comme il s'agissait d'un film d'espionnage, c'était probablement juste ce passage qui aurait été décisif pour la compréhension de tout le reste. Toujours est-il que jusqu'à l'entr'acte, il ne comprit rien à l'intrigue, ni quel agent était de quel côté. Dehors, dans le foyer, il fit le pied de grue, s'aperçut qu'il était, de loin, le spectateur le plus âgé, et craignit que ses jeans ne puissent bientôt passer pour du chiqué. Il glissa trois pièces d'un franc dans le distributeur de cigarettes et quand il repoussa le tiroir, il se coinça l'index. Comme le tiroir, malgré le bout de son doigt, s'était encliqueté et refusait de se rouvrir, Wank, affolé en même temps que soudé à l'automate devant lequel il était accroupi, crut connaître la situation la plus malheureuse de sa vie. La douleur, il ne s'en souciait pas, et sa rage contre l'humanité qui alors même qu'elle savait marcher sur la lune était incapable de construire des distributeurs de cigarettes sûrs, ne lui était d'aucun secours. Il s'agissait à présent de ne pas perdre son sang-froid. Wank regarda autour de lui. Il fut soulagé de constater que personne encore ne l'avait repéré. Si seulement Wank parvenait à attirer l'attention d'une seule personne et à l'inciter à lui porter un secours discret, la honte resterait limitée. Psst ! héla Wank, le plus doucement possible, mais le garçon visé, le plus proche, ne réagit pas. Wank dut se résoudre à siffler entre ses dents. Cette fois, le garçon leva les yeux, et Wank put lui faire un signe de sa main libre. Il lui dit qu'il s'était coincé le doigt, qu'il ne parvenait pas à le dégager et que lui, le jeune homme, aurait peut-être la bonté de glisser trois pièces d'un franc dans l'automate pour que le tiroir se rouvre. Des choses pareilles, ça arrive ? interrogea le gars en se mettant à genoux d'un air intéressé. Quelle merde, cet automate, dit Wank. Le garçon tirait sans succès sur le tiroir. Je vous en supplie, dit Wank, des pièces d'un franc ! — Le gars fouilla longuement dans son porte-monnaie. Je n'en ai pas, dit-il enfin. Même pas une pièce d'un franc et une pièce de deux francs ? demanda Wank. Non, dit le gars, juste un billet de dix francs. Wank pensa soudain qu'il avait peut-être lui-même encore de la monnaie. De la main gauche, il sortit son porte-monnaie de sa poche fessière droite, mais il n'avait pas les bonnes pièces non plus.

Le gars alla chercher un jeune couple qui se pencha à son tour sur Wank, dont les creux des genoux étaient déjà baignés de sueur. Bigre, dit la fille, il faut appeler un ferblantier. — Exaspéré par un tel manque d'à-propos, Wank se mordit la langue. Si maintenant, si à l'instant, il ne se produisait pas quelque chose de sensé, il allait être cerné en un rien de temps par cinquante personnes, et il y en aurait certainement quelques-unes pour s'imaginer qu'il avait voulu chiper un paquet de cigarettes. Se maîtrisant, Wank dit qu'il n'avait pas besoin d'un ferblantier, mais de trois pièces d'un franc, ou bien d'une pièce de deux francs et d'une pièce d'un franc. A cet instant, le puissant coup de gong du cinéma retentit et le foyer commença de se vider. Wank fut reconnaissant au couple de ne pas le laisser en plan, contrairement au garçon, mais de se mettre à fouiller elle dans son petit sac à main, lui dans son porte-monnaie — en quête des pièces nécessaires, qu'ils trouvèrent et glissèrent dans la fente, en sorte que Wank put tirer le tiroir avec le paquet de cigarettes qu'il contenait. La jeune femme prit même le temps d'examiner son doigt. On pouvait s'estimer heureux, dit-elle, que Wank s'en sorte avec un doigt écrasé, mais pour l'ongle, le plus probable était qu'il allait le perdre. Etes-vous du métier ? demanda Wank, et tandis que son ami l'entraînait déjà, elle répondit : Pas vraiment. — Votre argent ! leur cria Wank, mais ils secouèrent la tête en s'éloignant en hâte.

Il sortit du cinéma et se sentit le droit de prendre un taxi. Pendant le trajet, il se demanda comment

Judith — au cas où il la lui raconterait — commenterait sa mésaventure. — Oui, une malchance stupide, dirait-elle peut-être. Et Wank se rebifferait aussitôt contre le choix de ce mot : Qu'est-ce que ça a à voir avec de la «malchance» ? Un moucheron dans le yaourt, une tache de graisse sur une blouse, une piqûre d'abeille : en voilà, de la malchance, ce qui m'est arrivé mérite un autre terme. — En fait, telle qu'il la connaissait, Judith dirait plutôt : Je crois bien qu'il n'y a que toi au monde pour réussir à se coincer le doigt dans le tiroir d'un distributeur de cigarettes. — Donc, tu me considères comme un imbécile ? demanderait Wank, et il savourait d'avance la réponse de Judith.

Souvent, impressionné par un film, il lui était arrivé de rentrer chez lui avec le désir de changer sa vie, de lui imprimer plus d'audace et de couleurs. Dans cet état d'esprit, il se faisait presque un devoir de vivre en sorte qu'on puisse filmer sa vie, et que le film terminé tienne en haleine des salles entières bourrées de spectateurs. C'est donc rempli de bonnes intentions que Wank alla se coucher, non sans avoir au préalable déplacé plusieurs tableaux et quelques meubles, mais le lendemain matin, au réveil, ce fut le lever, les obligations courantes restèrent ce qu'elles étaient, et Wank eut beau faire de son mieux pour modifier leur succession et introduire toutes sortes de variantes, ses faits et gestes ne lui firent pas l'effet d'un commencement, mais bien plutôt d'une autodérision. A présent, assis à la table de la salle à manger, il contemplait la boussole posée devant lui et avait l'impression que rien n'arrivait plus, que rien n'avançait. Rien n'avance parce que tout continue à jamais. L'Assomption était passée, la saison de la chasse allait s'ouvrir, boudins et saucisses au foie feraient leur apparition, puis ce serait Noël. Au printemps, il y a des asperges, en été, il y a des mouches, en automne, on déclare la huppe, le traquet tarier ou le pluvier siffleur des ruisseaux oiseau de l'année, puis c'est les Prix Nobel, puis la Toussaint, puis le Jour des Trépassés, les premiers skieurs de fond et les cacahuètes. Déjà scintillent les étoiles de néon, et c'est une bonne et heureuse qui commence. Jonquilles. Pivoines. Entre les deux, la Fête des mères. Wank se secoua, moins par dégoût que pour se ramener à la raison. N'était-ce pas infantile de rendre la monotonie des événements extérieurs responsable de la fadeur de sa vie privée ? Ne suis-je pas libre, demain matin, au lieu d'aller dans la cave de Santiago Krebs, de prendre le train et d'aller n'importe où, à la rencontre de l'inouï ? D'accord, il faudrait au préalable que je fasse prolonger mon passeport périmé et que j'aille retirer mes économies à la banque qui n'ouvre qu'à neuf heures. Et comme Judith ne m'a fait aucun tort, je devrai lui dire adieu. Il y aura peut-être des larmes, du temps perdu, il faudra donner des explications, et si malgré tout le départ a lieu, ce ne sera plus spontanément, par goût de l'aventure, mais uniquement pour ne pas perdre la face. Du reste, les choses n'iront même pas jusque-là. Est-ce que tu as un certificat de vaccination international ? me demandera Judith. Non, dirai-je. Et ne voulais-tu pas vieillir avec moi, pas plus tard qu'hier ? — Si, lui dis-je, et je reste.

Wank feuilletait un catalogue de vente par correspondance. Il constatait que les reproductions des objets l'intéressaient, alors que les objets eux-mêmes lui étaient indifférents. Le seul à lui faire envie, était un sac de voyage en nylon noir avec une courroie réglable et de nombreuses poches latérales. Conçu spécialement pour les vêtements, il s'appelait *dressbag*, mais dans le descriptif en petits caractères apparaissait soudain le mot allemand *Kleidersack,* sac à habits, et Wank renonça à le commander. Il éteignit et ouvrit la porte du balcon. Environné du vrombissement des moustiques, il s'attarda un moment dans l'obscurité. En-dessous, le couple Egloff se chamaillait. Il s'agissait manifestement de papier collant. Egloff criait qu'il avait vu ce papier collant une demi-heure auparavant. Et que maintenant il était introuvable. Madame Egloff criait qu'elle n'avait pas touché à ce papier collant depuis des jours et des jours. C'était comme le coupe-papier, criait Egloff, on passait son temps à le chercher, puisque dans ce foutu ménage bordélique tout disparaissait systématiquement. Même un cognac, il ne pouvait même pas boire un cognac sans avoir ensuite à chercher le bouchon ; elle savait parfaitement que le cognac sans bouchon s'évapore. De toute façon, tu bois trop, reprit madame Egloff un peu moins fort, et avant qu'Egloff ne se prononce sur ce nouveau thème, Wank referma la porte du balcon.

On ne pouvait parler d'une dégringolade du dollar, disait un expert à la télévision, il s'agissait plutôt d'une faiblesse, ou mieux encore, d'un frisson. En gros, le climat du marché international des actions et devises était clément, une baisse des taux hypothécaires des principales banques européennes ne s'imposait pas, même si la banque monétaire hollandaise avait baissé son taux d'escompte d'un quart de pourcent. Sans conteste, il était question de choses importantes et qui en fin de compte le concernaient aussi, lui, Wank, mais Wank n'y comprenait rien et il songea que de toute façon, les événements, aux marchés financiers, se déroulaient sans lui, qu'il les comprenne ou non, et que la connaissance de certains états de choses, alliée à l'impossibilité de s'en mêler, oppressait sans doute davantage que leur ignorance. J'en connais quelques-uns qui percent à jour la politique des grands, mais est-ce que j'en connais un seul qui soit en mesure de donner un peu de jeu ne serait-ce qu'à la plus minuscule petite vis d'une fusée intercontinentale ? Tous des écrasés. Tous des impuissants. Tous des faibles, peut-être, qui trouvent plus confortable ou plus décent de se faire éliminer, plutôt que de se regrouper pour prendre d'assaut toutes les rampes de lancement. Mais les rampes sont surveillées par des rampes, et toute mesure visant à empêcher les tirs est ou bien impossible, ou bien punissable. Wank empoigna la banane noire oubliée depuis longtemps au fond de la coupe à fruits. Il ouvrit une fenêtre et la jeta dehors.

V

Lotti lui prit la main et souffla sur l'ongle bleu. Pincé ? — Ecrasé, dit Wank ; un coup de marteau en bricolant. — Mon pauvre ami, dit Lotti en s'asseyant sur une caisse retournée. Aujourd'hui, il n'y a personne pour nous déranger, dit-elle, Krebs est absent ; vous voulez bien ? — Quel âge as-tu donc ? demanda Wank. Dix-sept ans, dit-elle. Et déjà aussi fine mouche, dit-il, ta sollicitude est jouée. — Vous êtes méchant ! s'écria Lotti. Tu veux que je dessine ton portrait, n'est-ce pas ? — Oui, dit-elle en faisant la moue. C'est pour cela que tu t'es maquillée aujourd'hui, pas vrai ? — Non, dit-elle, en refaisant la moue. Si, dit Wank. Je ne sais pas mentir sans rougir, dit Lotti en rougissant. Là, Wank s'attendrit. Il alla chercher son bloc d'esquisses dans la poche de sa veste. Lotti vérifia sa coiffure du bout des doigts, puis ne bougea plus. Wank tourna autour d'elle. Ce sera une étude de profil, dit-il. Vous êtes un amour, dit Lotti. A peine eut-il commencé à dessiner qu'il éprouva un léger vertige. La sueur jaillit de ses paumes, aussi subite et abondante qu'au cirque, quand il regardait les danseurs de corde. Il tailla son crayon, continua, chaque trait était nul, chaque hachure, vaine, Wank alla au lavabo, but un peu d'eau et se lava les mains. Lotti demanda s'il avait déjà fini. Jadis, il absorbait la réalité extérieure en confiance, dit Wank. Que voulait-il dire, demanda-t-elle. Il dit que ça n'allait pas, que ça n'allait plus. J'y suis pour quelque chose ? demanda-t-elle. Wank répondit que tout crâne est insaisissable. Elle lui redemanda ce qu'il voulait dire, et avant qu'il ait pu la prier de le laisser tranquille, madame Bänteli, du rayon des chapeaux, l'appela. Lotti se leva et tapa du pied. Madame Bänteli lui donna l'ordre d'aller voir au magasin s'il y avait encore un Borsalino taille cinquante-huit. J'y vais ! cria Lotti, en tapant encore du pied. Du revers de la main, Wank lui essuya une larme sur la joue. On fera un nouvel essai lundi, dit-il. Elle partit rassérénée, et Wank passa la pointe de sa langue sur le dos de sa main. A onze heure, la dernière figure (Dame à l'œillet) était vernie. Wank rangea l'atelier plus soigneusement que jamais, mit en ordre tubes et pots, nettoya tous les pinceaux et gratta les taches de peinture sur le sol. Par hasard, la radio diffusait une marche militaire, et comme un commandant à la veille de sa retraite passe en revue ses troupes, Wank passa en revue ses figures qui brillaient d'un éclat mat contre le mur. De deux choses l'une, leur dit-il, ou bien vous tenez, ou bien vous tombez par terre

En haut, les dames aussi, étaient adossées au mur, et quoique il fût déjà midi moins dix, Rita dit : Mon

Dieu, fais que ce soit midi. — Il n'y aurait pas quelqu'un qui sache une histoire drôle ? demanda madame Bänteli. Tous les regards se tournèrent vers Wank. Wank dit qu'il n'en connaissait aucune, qu'il n'avait pas la mémoire des blagues. Mademoiselle Gugolz dit qu'il pouvait même en raconter une de scabreuse. Wank leur demanda si elles connaissaient la différence entre Konrad Lorenz et Gunter Sachs. Non, dirent les dames. Lotti demanda qui était Konrad Lorenz. Un célèbre comportementaliste, dit Wank. Qu'est-ce que c'est que ça ? demanda Lotti. Wank expliqua qu'un comportementaliste, comme son nom l'indique, étudie le comportement des êtres vivants, par exemple, des oies. Mademoiselle Gugolz réclama la blague. Wank dit qu'entre temps, il l'avait oubliée, mais qu'il leur souhaitait à toutes un week-end palpitant.

Presque trente degrés au thermomètre posé sur l'étagère. Wank, en caleçon, était assis à la table de la salle à manger. Le journal était lu, la lettre de sa mère également ; l'après-midi de liberté s'ouvrait devant lui, menaçant. Elle passait une semaine en Forêt Noire, lui écrivait sa mère, elle faisait de jolies promenades, souvent en compagnie d'un gentil monsieur, mais il n'y a aucun danger, nous marchons seulement au même pas. Est-ce que tu prends aussi l'air ? Manges-tu de la salade ? Tu jugeras par toi-même, grâce à la coupure de journal ci-jointe, combien la fumée est nuisible. — Wank alluma une cigarette. Ainsi donc, maman excursionne, pensa-t-il, elle est plus ingambe que je ne le pensais, et elle n'est pas seule, bon. Tout cela ne fait pas de moi un meilleur fils, mais m'autorise peut-être à avoir un petit peu moins mauvaise conscience. Wank jouait avec les quatre punaises qui traînaient sur la table depuis quelques semaines. Maman se promène, papa est mort, et Judith aussi se promènera pendant que je pourrirai en grinçant des dents, car on se promène toujours. Un bon cœur a cessé de battre, a écrit maman sur le faire-part, et elle a poursuivi sa promenade. Le pasteur m'a serré la main en disant : La vie continue. — Oui, ai-je dit, c'est beau et révoltant. — Après le repas d'enterrement, j'ai arraché la cravate noire de mon cou, car je portais une cravate, ç'avait été la dernière volonté de papa, que je mette une cravate à son enterrement. Dans son lit d'hôpital, il s'est redressé et m'a fait promettre de porter un costume le jour de ses funérailles, et comme j'étais sur le pas de la porte, il m'a rappelé. Moritz, a-t-il dit, mets aussi une cravate, s'il te plaît ! — Et comme téléguidé, mais dans une étrange euphorie, j'ai couru dans un grand magasin acheter une cravate noire, et après le repas, aux cabinets, je l'ai arrachée de mon cou, puis la vie a continué, en effet. J'ai supporté la photo dans l'atelier pendant toute une année, mais il y a maintenant quatre semaines que je l'ai ôtée du mur, ayant constaté que son visage s'assombrissait à mesure que ma production diminuait. J'ai dû éloigner papa ; depuis, les quatre punaises sont sur la table de la salle à manger, et tandis que papa, après sa crise cardiaque, s'est traîné des jours et des jours au prix des efforts les plus incroyables, je n'ai même pas l'énergie de ranger les punaises. La boîte se trouve dans le tiroir gauche du buffet de la cuisine. Dois-je aller avec la boîte jusqu'aux punaises, ou avec les punaises jusqu'à la boîte ? En ce moment, la seconde solution serait la plus simple. Mais dès que je suis à la cuisine et que j'envisage d'aller chercher les punaises au salon, la situation change.

Wank relut la lettre de sa mère. La formule finale était, comme toujours : Cordiaux messages de ta mère qui n'attend pas de réponse. — Et comme toujours, Wank se sentit légèrement agacé par cette manière pudique de faire pression. Bien sûr que sa mère espérait une réponse, bien sûr, qu'elle espérait un contact plus étroit, mais elle avait l'habitude de traiter ses besoins comme des mouches importunes. Dès que la vague de chaleur sera passée, j'irai la voir, pensa Wank, je sonnerai à la porte de l'immeuble et j'attendrai le déclic du répondeur, et comme je ne prononce jamais mon propre nom sans me faire violence, je dirai seulement : C'est moi. — C'est tout juste si la respiration de maman ne me dégoûte pas, on dirait qu'elle est en train de gober quelque chose, et pour finir elle dit : C'est toi, mon garçon ? — Je dis oui, et je me rends compte que je me glace, tout me dégoûte, à présent, le ronflement de la porte automatique, l'écho de mes pas dans l'escalier, les écriteaux tous pareils à côté des portes des appartement percées de judas, tout me remplit de dégoût et d'effroi, et quand j'imagine que ma mère vit dans cet immeuble immonde, et qu'elle doit jour après jour traverser cette zone d'inhumanité pour accéder à son appartement ou à l'extérieur, je serre le poing et tout en montant jusqu'au quatrième, j'en frappe à plusieurs reprises la rampe grise. En haut, maman, plus menue, plus blanche que la dernière fois, m'attire vivement dans l'appartement et referme la porte à clef comme si j'avais un monstre à mes trousses, et alors seulement elle m'embrasse sur les joues. Je n'ai jamais aimé les baisers sur les joues, et j'y réponds avec la plus grande maladresse. Pour un être visuel, les baisers en général, pas seulement sur les joues, sont une épreuve ; la jouissance tactile ou olfactive qu'il en retire ne le dédommage pas toujours assez, il arrive souvent que ce soit au moment où il l'embrasse qu'un visage lui apparaisse le plus inconnu. Chou rouge, lard et châtaignes, voilà le menu, dit maman en savourant ma joie d'avance. Vais-je lui faire de la peine, lui expliquer que j'ai renoncé au chou rouge ? Maman n'irait-elle pas croire qu'elle a perdu son fils, s'il se désolidarisait sans crier gare de son mets préféré ?

A peine Wank avait-il pris place sur le sofa que Sami se mit à pousser des hurlements dans la fente de la boîte aux lettres. Wank resta couché. Sami fit claquer le rabat de laiton, en haut, en bas, en haut, en bas. Mais entre, enfin ! lui cria Wank. Sami ouvrit la porte, s'arrêta une minute dans le couloir, l'oreille aux aguets, sans doute, puis il demanda : Où, Moritz ? — Ici ! cria Wank. Caché ? demanda Sami. Un peu, dit Wank. Quand Sami le vit allongé sur le divan, il se précipita, lui posa une petite main poisseuse sur le front et demanda : Malade ? — Seulement un peu fatigué, dit Wank, et toi, comment vas-tu ? — Sami s'assit sur le tapis. Tout en reniflant, il dit d'une voix entrecoupée : Toujours joyeux. — Puis il fondit en larmes. Dis donc, dit Wank, quand on est joyeux, on ne pleure pas. — Sami n'avait pas l'air convaincu. Il se calma quand même, mais secoua la tête comme pour donner à entendre qu'il aurait tout de même attendu un peu plus de compréhension de la part de Wank. Il fourragea longuement dans sa poche, tandis que Wank essayait de le moucher, puis il déposa dans la main de Wank les débris d'une coquille d'escargot en sanglotant de plus belle, si bien que Wank se leva pour fermer la fenêtre. Tu vas sûrement en retrouver une, de coquille, dit Wank, mais Sami ne se laissait pas distraire. C'était cette coquille-là qu'il aimait, pas une autre, et c'était vraiment le comble d'exiger de lui qu'il surmonte le chagrin qu'il éprouvait pour la coquille détruite et se console à l'idée des autres coquilles, intactes. Il pleura encore, et ce n'est que lorsque Wank lui apporta un verre de sirop qu'il sécha ses larmes, but avidement et partit.

Wank posa les débris de la coquille sur la table, à côté de la boussole et des punaises. Sa montre marquait deux heures, Wank l'appliqua à son oreille, elle marchait. Encore quatre heures à tuer avant de pouvoir embrasser Judith. Il y aurait eu suffisamment de ménage à faire, les cabinets, par exemple, nécessitaient un nettoyage urgent — et pas seulement en raison de l'invitation du lendemain, qui revenait soudain à l'esprit de Wank et dont il n'avait pas reparlé avec Judith depuis le lundi précédent. Le soir, surtout, quand la lumière du soleil reflétée sur les carreaux de la salle de bain tombait sur la cuvette des WC, Wank avait un peu honte et se rappelait son professeur de géographie qui disait toujours que les cabinets étaient la carte de visite d'une maison. Effectivement, la salle à manger, la chambre à coucher et la cuisine avaient pris depuis plusieurs semaines un petit air négligé, le professeur de géographie pouvait bien avoir raison, mais Grand'mère avait tort. Dans une pièce nette, l'âme est en fête, avait-elle coutume d'affirmer ; Wank avait toujours contesté cette affirmation et continuait de le faire, persuadé que presque toute espèce d'ordre était due au zèle d'âmes chagrines. Comment le produit d'âmes chagrines pouvait-il susciter la bonne humeur ? Wank ne s'était-il pas toujours senti perdu dans le salon de sa grand'mère, et n'allait-il pas, enfant, jusqu'à plaindre le Sauveur sur la Croix quotidiennement en butte au chiffon à poussière ? La propension à l'ordre, pensa Wank, trahit un manque d'assurance. Non, la propension à l'ordre révèle l'incapacité de supporter l'incertitude en tant qu'état naturel ; et pourtant, je devrais passer en revue les objets de mon appartement, en enlever certains, en arranger d'autres de manière qu'ils n'attirent plus le regard. Ce qui ne se fait pas remarquer est rangé, et ce qui est rangé ne se fait pas remarquer. Le goût de l'ordre, c'est donc le goût de l'effacement. Ce qui passe inaperçu apaise l'âme, de quoi je tire la conclusion que feue ma grand'mère pouvait tout de même avoir un tout petit peu raison. N'importe quel officier conviendra que si un soldat croise son chemin en chaussettes non réglementaires, rouges par exemple, il se sentira, d'une manière ou d'une autre, menacé, certainement inquiet, et n'y verra en tout cas rien d'enrichissant ; et tout en sachant pertinemment que de telles chaussettes, pour autant qu'elles ne brillent pas trop, peuvent même faire l'affaire au combat, il sera obligé de prendre des mesures. L'officier y serait contraint, mais mon appartement à moi peut rester tel quel.

Par la fenêtre, Wank regarda les plates-bandes du jardin, coincées entre la façade sud de la maison et la palissade brun foncé qui marquait la frontière de la parcelle adjacente. Les lopins des Schnorf, Egloff, Ludi et Stössel étaient tous de la même taille, faciles à distinguer les uns des autres, en revanche le jardin des Muller était deux fois plus grand, du moment que Wank avait renoncé au sien. Madame Muller avait été la première à remarquer que Wank ne cultivait pas sérieusement la plate-bande qui lui était attribuée, ou la première, en tout cas, à lui demander s'il était prêt à la céder, et ce qu'il en demandait. Rien, avait dit Wank, il était même heureux de pouvoir lui confier cette plate-bande. Madame Muller s'était montrée ravie, et le jour même, elle avait déposé devant sa porte un gâteau, d'une fraîcheur toute relative, à vrai dire. A quelque temps de là, du gazon s'était mis à pousser sur sa parcelle, ce que Wank n'avait pas très bien compris, car une pelouse, à la rigueur, il aurait été capable d'en semer une lui-même. Les voisins aussi, surtout les Ludi et les Egloff, qui de toute façon se sentaient floués et ne saluèrent plus Wank pendant quelque temps, hochèrent la tête, mais bientôt, sur le gazon, un vieux traîneau fit son apparition, et sur le traîneau, une cuve à lessive en cuivre débordante de géraniums. Madame

Muller — Wank ne se souvenait plus de son prénom, bien que depuis samedi, il la tutoyât, tout comme Pia Schnorf — madame Muller était précisément en train d'arroser les géraniums, Sami Stössel à ses côtés. Pour atteindre la cuve avec l'arrosoir, elle devait se dresser sur la pointe des pieds et pencher le corps en avant. Elle portait sous sa jupe un minuscule slip beige clair, si bien que Wank, retenant son souffle, crut un instant qu'elle ne portait rien. Il s'apprêtait à aller chercher un verre d'eau quand il vit Sami lui glisser par derrière entre les cuisses un objet oblong brillant au soleil — la buse d'un tuyau d'arrosage, sans doute. Comme madame Muller, l'arrosoir dans la main droite et la gauche cramponnée au bord de la cuve, n'était pas en mesure de se défendre tout de suite, la buse dépassa pendant quelques secondes par derrière. Wank comprit qu'il ne pourrait plus jamais rencontrer madame Muller sans revoir cette scène, et lui souhaita du fond du cœur de n'avoir aucun autre témoin. C'est alors que son prénom lui revint : elle s'appelait Gertrude. Gertrude, qui s'était libérée en hâte, ne donna qu'une seule gifle à Sami, même pas très forte — pour autant que la distance permît d'en juger. Wank le vit partir en courant, puis l'entendit pleurnicher dans l'escalier. Gertrude arrosait toujours. Wank resta encore quelques instants à la fenêtre, mais c'est à peine s'il distinguait Gertrude : on aurait dit qu'elle pâlissait à côté des géraniums.

Devant l'étagère, il ferma les yeux, passa le majeur sur le dos des livres et sortit le volume auquel son doigt s'était arrêté. Il ne lisait pas beaucoup.

Dans son enfance, il n'avait aimé que les bandes dessinées de *Globi,* puis des brochures douteuses dont son père avait d'abord tenté de le détourner en les qualifiant de «littérature de bas étage», pour ensuite, cet avertissement ne suffisant pas, les lui interdire purement et simplement. En général, les livres qu'il aurait voulu lire étaient «mauvais», ou alors «pas de son âge», et la plupart de ceux qu'on lui permettait ou recommandait de lire avaient déçu Wank. Au Gymnase, chaque lecture était obligatoire, un petit volume des éditions Reclam chassait l'autre, et chacun accroissait la répugnance de Wank. Mais le Gymnase, pour lui, n'avait duré que deux ans, et sans doute, se disait Wank à présent, sans doute mon rejet n'avait-il rien à voir avec le contenu des livres, mais plutôt avec la manière dont on traitait ce contenu. Quoi qu'il en soit, je ne suis jamais devenu un grand lecteur, et strictement parlant, je ne suis pas devenu grand'chose, je ne vois pas très bien ce que Judith me trouve. — Wank s'installa sur le sofa avec son livre. Au même instant, une carte postale tomba du volume. «Je t'aime, tout simplement», y était-il écrit, et Wank se souvint aussitôt que c'était le premier message écrit de la main de Judith qu'il ait reçu ; il devait y avoir six ans de cela, Wank revoyait la Judith d'alors, il revoyait sa queue de cheval brillante, sentait le parfum d'hamamélis de ses mains, et entendait son expression favorite, «en coup de vent», qu'elle n'utilisait plus depuis longtemps et semblait avoir totalement oubliée. La carte représentait le *Bouquet de violettes* de Dürer. Wank aurait pu se frapper le front, quand, il examina l'aquarelle, et se rendit compte que de toute évidence, il l'avait méconnue, l'ayant toujours trouvée simplement jolie, restant aveugle à sa singularité. On aurait dit que les violettes étaient suspendues au-dessus du sol, séparées, détachées de tout contexte vital, nues, austères, dans une solitude presque têtue, sur le parchemin qui transparaissait à travers la couche de fond ocre. Et pourtant, ce qui se targuait d'une telle indépendance avait l'air très frêle, très timide et tellement menacé que Wank, mentalement, forma une coupe avec ses mains, et la disposa autour du bouquet, afin de le mettre à l'abri du monde à jamais. Rarement tableau l'avait ému à ce point, il lui sembla que la plus imperceptible nervure elle-même le concernait, qu'elle avait quelque chose à lui dire, peut-être, ou même à lui promettre. Et ce qui confirmait cette impression, c'était qu'à présent, sous ses yeux apesantis de fatigue, toute l'image commençait à bouger, à s'animer, alors même que se brouillant rapidement, elle retirait sa promesse.

Il se tourna vers le livre qui avait gardé ce petit trésor si longtemps et méritait, de ce seul fait, une tendresse particulière. Il était peu probable qu'il ait confié le message d'amour de Judith à n'importe quel ouvrage, et sans doute qu'à l'intérieur même de ce livre, la carte n'avait pas été glissée n'importe où, mais à un endroit bien précis, impossible à localiser à présent. En fait, Wank s'en aperçut en le feuilletant, il y avait bien des phrases ou des passages entiers soulignés au crayon, mais quand il les lisait, ces passages ne lui disaient rien, pas même ceux qui étaient marqué d'un point d'exclamation dans la marge. Il s'agissait pour la plupart de sages maximes qui s'échappaient avec aisance de la bouche des personnages, et qui, bien qu'elles semblent lui en avoir imposé jadis, ne faisaient à présent qu'agacer Wank. Avait-il le droit d'en conclure qu'il était devenu plus sûr et pouvait se passer de soutien imprimé ? On pourrait presque le croire, alors que c'est le contraire : ma faim est plus dévorante que jamais, voilà pourquoi elle dédaigne jusqu'aux menus morceaux qui, loin de l'apaiser, ne font que l'exacerber. — Enfin, Wank découvrit tout de même une phrase soulignée qui lui parut digne de confiance : «On ne saurait en vouloir à son époque sans dommage pour soi-même». Non, pensa Wank au bout d'un instant, même cette phrase mérite ma désapprobation, je ne me laisserai pas priver du courage de ma rogne.

C'était environ quatre heures et demie et il sortait de chez lui, lorsqu'il entendit la sonnerie du téléphone. Il s'arrêta sur le dernier palier. Dans ce genre de situation — de même quand il était aux cabinets, par exemple — il croyait toujours qu'il s'agissait d'un appel particulièrement important, de l'appel *décisif,* peut-être, et cette fois encore, il remonta l'escalier quatre à quatre, ouvrit la porte et répondit hors d'haleine. Kurt lui demanda s'il le dérangeait dans une activité inavouable. Wank chercha une bonne réponse, n'en trouva pas, et dit : Tu as l'air d'avoir retrouvé ta gaieté. — C'est bien pour ça que je t'appelle, dit Kurt ; pour tout te dire, Silvia et moi, nous nous sommes réconciliés et je voulais te remercier, au nom de Silvia et du mien, d'avoir fait l'intermédiaire. — Mais c'est allé tambour battant, dit Wank, et Kurt dit d'un ton d'excuse : Il s'agit, bien sûr, d'une réconciliation provisoire, il faudra voir si Silvia respecte les conditions. — Ah bon, dit Wank, vous avez passé un contrat de désarmement. — Tu sais, poursuivit Kurt sans s'arrêter à la remarque de Wank, en gros, j'ai toujours été content de Silvia, elle a bien ses petites marottes, et elle n'a presque pas de lèvre supérieure, tu l'as sûrement remarqué, mais qui est sans défaut ? — Et dire que je suis coresponsable, pensa Wank, de sa réconciliation avec ce type, j'aurais dû l'en dissuader de toute urgence. — Qui est sans défaut ? redemanda Kurt, et Wank dit, pour abréger : Personne. — Ecoute, dit Kurt, Silvia me fait signe qu'elle aimerait elle aussi te dire bonjour. — Elle a tout entendu ? demanda Wank. — Elle est en train de passer l'aspirateur, tu ne l'entends pas ? et moi, je vais la relayer. — Ça doit faire partie du contrat, pensa Wank. Qu'est-ce qui fait partie du contrat ? demanda en retour non pas Kurt, mais Silvia. Rien rien, dit Wank, comment vas-tu ? — Pas mal, au fond, Kurt t'aura informé de notre arrangement, en fait, il a fait preuve d'un discernement surprenant, la seule question, c'est de savoir s'il tiendra sa promesse d'entreprendre un travail sur lui-même. — Pauvre diable, pensa Wank. Il ne faut pas te fâcher, mais l'expression «faire un travail sur soi» me fait grimper aux murs. — C'est *ton* problème, dit Silvia avec une pointe d'irritation. Certainement, dit Wank, qui ne voulait pas de dispute, tu as tout à fait raison, d'ailleurs Kurt est sur la bonne voie, puisqu'il travaille déjà avec l'aspirateur. Silvia rit faiblement, et Wank regretta sa plaisanterie.

Au centre ville — il avait encore presque une heure devant lui — il se mit en quête d'une petite attention pour Judith. Un petit cadeau sans prétention. Elle n'aimait pas les nippes, des pralinés auraient fondu, les fleurs prenaient de la place. Sans espoir, il entra dans le rayon Cadeaux d'un grand magasin, pour en ressortir sur-le-champ, comme s'il avait seulement voulu s'assurer de sa hideur. En revanche, il s'attarda longuement devant la vitrine d'un magasin d'animaux. Pourquoi, du moment qu'il ne trouvait rien pour Judith, ne pas apporter au moins quelque chose à son oiseau ? N'était-ce pas le moment de se montrer un peu plus ouvert à l'égard de ce volatile qui représentait tant pour elle ? A coup sûr, Judith souhaitait un rapprochement et elle interpréterait une petite attention pour Max — puisqu'il fallait bien admettre que c'était son nom — comme un signal de bonne volonté. Wank entra dans la boutique étouffante. A part les tortues naines, chaque animal semblait désireux de se faire remarquer, si bien que Wank, tout environné de roulades et de pépiements, dut présenter sa requête en élevant la voix. Il cherchait, dit-il au vendeur à cheveux blancs, quelque chose de particulier pour une perruche, quelque chose qui sorte un peu de l'ordinaire, si possible. Des crackers, répondit le marchand sans réfléchir une seconde. Et comme Wank le regardait sans comprendre, il répéta un peu plus fort : cracker. — Wank répéta le mot, à peu près en même temps que deux ou trois perroquets, puis le vendeur surmonta son laconisme et expliqua que les crackers étaient des bâtonnets de bois spécial sur lesquels étaient agglutinés par cuisson des grains de millet blanc, de millet du Sénégal et de millet à grappes mêlés à du jaune d'œuf, du calcaire et de l'os concassé. De ce fait, il était impossible à l'oiseau de picorer les grains sans autre, il était obligé de les mastiquer. Et pourquoi la mastication est-elle essentielle ? interrogea le marchand en regardant Wank par-dessus les montures dorées de ses lunettes. Wank, déjà passablement embrouillé par ces explications approfondies, se sentait dans la peau d'un écolier, il ouvrit la bouche et resta muet. Mais réfléchissez donc un peu ! cria le marchand. Wank fit un effort sur lui-même et déclara qu'il n'avait aucune expérience des oiseaux, mais qu'il supposait que la mastication leur faisait du bien. Juste, dit le marchand, mais pourquoi donc ? — Wank attendit que tous les perroquets aient répété la question, puis déclara : La mastication est une espèce d'occupation, et tant qu'ils ont quelque chose à faire, les oiseaux... — Wank s'interrompit. Les oiseaux ? dit le marchand avec curiosité. Je vous prie, dit Wank, de me donner quelques-uns de ces crackers, je suis pressé. — Nous avons des emballages à trois pièces ou à six pièces, et nous en avons trois sortes différentes, dit le marchand. Seigneur, pensa Wank en se cramponnant au comptoir. Crackers aux œufs, crackers au miel et crackers aux fruits, dit le marchand, mais avant qu'il ait eu le temps de se lancer dans la description des trois sortes, Wank cria : miel !

Déjà sur le pas de la porte, pendant qu'ils s'embrassaient, Judith lui demanda s'il avait toujours le cœur gros. Il dit que ça allait mieux, mais qu'il avait vu dans la glace que sa langue était chargée, pouvait-elle lui dire ce que cela signifiait ? Judith expliqua que l'équilibre microbiologique de la cavité bucale dépendait de plusieurs facteurs, dont la digestion n'était pas un des moindres. Qu'en était-il ? Positive, dit Wank. La fumée, dit Judith, pouvait également contribuer à charger la langue, surtout — ce qui était le cas chez lui — quand elle tenait lieu de crudités. Wank dit qu'il venait de refaire un essai, qu'il s'était acheté quelques brugnons qui toutefois l'avaient cruellement déçu. Malgré tout, dit Judith, tu devrais faire un effort dans ce sens, une carence en fruits et légumes induit également la déminéralisation de l'émail des dents. — Est-ce que c'est grave ? demanda Wank. Ça dépend, dit-elle, du prix que tu attaches à tes dents. — Le plus haut ! s'écria-t-il en lui mordant le lobe de l'oreille. Tu me fais mal ! dit Judith. J'en doute, dit Wank, j'ai lu dans un petit opuscule distribué gratuitement dans ma boîte aux lettres et intitulé «feuillet du cœur» que le lobe de l'oreille est une zone érogène chez quarante-trois pour cent des femmes, l'auteur de cette découverte est le docteur Habermehl, de Hambourg. — C'est bien pour ça, dit Judith, que tu ne devrais pas me mordre dans cette zone, à propos, sais-tu que l'émail est la substance la plus dure du corps ? — Bien sûr que je le sais, dit Wank, j'ai toujours été surpris que tu aies affaire, professionnellement, au matériau le plus dur et le plus résistant. — Il n'est tout de même pas si résistant que ça, dit Judith, la couche d'émail, malgré sa dureté, n'est pas à l'abri de fissures à travers lesquelles les bactéries, ou plutôt les champignons de levure, peuvent s'introduire, avec pour conséquence les caries, le pourrissement et la désagrégation définitive non seulement de l'émail, mais aussi de l'ivoire. — C'est drôle, dit Wank, les dents pourrissent chez les vivants, alors que chez les morts elles sont imputrescibles et résistent à l'usure des siècles ; je te prie, si je meurs un jour, de donner tous mes tableaux aux déchets encombrants, ce sont mes dernières volontés, je les fixerai prochainement par écrit. — Et *ma* volonté à moi, c'est que nous ne passions pas toute la soirée dans le couloir, et que nous changions de sujet, dit Judith en poussant Wank au salon. Mais qu'est-ce que c'était que cette fête, demanda-t-il en voyant la table décorée. On fêtait les retrouvailles, et l'événement du jour, c'est qu'il était chez elle, et non pas — comme l'habitude s'en était prise — elle chez lui. — Presque neuf ans de plus qu'elle, dit Wank, et par surcroît, la malédiction d'une apathie congénitale. — Peut-être réussiras-tu quand même à déboucher cette bouteille, lui dit Judith avec un baiser, avant de bondir à la cuisine. Wank la regarda. Elle était pieds nus. Il se sentit fort et léger. Un partisan, voilà ce qu'il aurait pu être.

Il sortit de sa poche revolver la boîte contenant les crackers et la posa à côté de l'assiette de Judith, sur la serviette. Puis il salua Max qui, plus hirsute que jamais, recula devant le doigt que Wank lui tendait entre les barreaux de la cage. Wank siffla un peu, mais Max baissa la tête et enfonça le bec dans son jabot. Wank se détourna. Quatre tableaux étaient accrochés aux murs. Plaisaient-ils vraiment à

Judith ? Ou les aimait-elle seulement parce que c'était *lui* qui les avait peints ? Voilà ce que j'ai su faire, autrefois, pensa-t-il, et il dit à haute voix : Ces vieilles croûtes. Et ces titres ! *Labyrinthe II, Code oblique*, etc., les titres, au moins, on devrait les cacher sous une couche de peinture, dit-il à Judith qui entrait. Pourquoi ? demanda-t-elle, en posant sur la table le plat de viande froide et de fromage. Parce qu'ils font les importants, répondit-il. Mon patron vient d'acheter un nouveau Rötzel, dit-elle, et il l'a déjà accroché à la salle d'attente, il s'appelle *Joyeux pique-nique au Lützelsee :* que dis-tu de ce titre-*là* ? — Il me plaît assez, dit Wank, je suis un partisan clandestin de la simplicité. — Mais qu'est-ce que c'est que ça ? demanda Judith, qui venait de découvrir les crackers. — Un petit cadeau pour toi et pour Max. — Moritz ! s'écria Judith, que tu es gentil ! — Ça n'a coûté qu'un franc huitante-cinq, dit Wank. Judith l'embrassa, et sa joie dédommagea Wank des tribulations de l'achat. Judith dit qu'à présent, Max allait se remettre, depuis quelques jours il était dolent, il ne bougeait quasi plus et ne faisait que tirailler ses plumes n'importe comment. Ses ancêtres avaient beau venir des tropiques, dit Wank, il était bien possible que Max souffre quand même de la chaleur. Judith ne discuta pas, seul un petit haussement d'épaules trahit ses doutes. J'ai aussi un cadeau pour toi, dit-elle, en fait, je ne voulais te le donner que la semaine prochaine, pour ton anniversaire. — Tout de suite, s'il te plaît ! dit Wank. Elle allait vite l'emballer, dit Judith, mais Wank jugea que c'était absolument inutile, du moment qu'il allait de toute façon le déballer. Si c'était comme ça, qu'il ferme au moins les yeux, ordonna-t-elle, elle se glissa dans la chambre à coucher, revint et déposa un objet sur sa main tendue à plat. Qu'est-ce que c'est ? demanda-t-elle. Une clef, dit-il. — Tu as guigné ? — Non, je suis totalement aveugle. — A propos, tu l'as toujours, ta collection de vieilles clefs ? — Moi, une collection de clefs ? — Oui, tu les collectionnais, autrefois, mais on aurait dit que tu en avais honte. — Ah bah, dit Wank, je ne suis pas un collectionneur, mon zèle est faible, je n'en possède même pas une douzaine, puis-je ouvrir les yeux ? — Non, dit Judith, maintenant, tu vas me décrire la clef les yeux fermés, palpe-la ! — Bon, dit Wank, eh bien, il s'agit d'une clef à double panneton d'environ neuf centimètres de long. Le petit panneton, chose étrange, est cintré, le grand est cranté. Ce n'est certainement pas une clef forée, le canon est plein ; du reste, on ne saurait parler ici de canon, car les canons sont plutôt ronds, alors que nous avons affaire à une tige carrée, nous sommes donc en présence d'une clef à tige bénarde carrée. — Tu guignes ! cria Judith. Je suis dans les ténèbres, je le jure, dit Wank, et j'en viens maintenant à la partie supérieure de la clef, la poignée pour le profane, qui bien sûr s'appelle l'anneau. L'anneau est circulaire, en forme de bague, et pourtant, je ne peux pas le nommer anneau, car je sens ici — minute — huit fines stries radiales, des cannelures, ou balustres — sans doute un ouvrage de ferronnerie — l'anneau a quelque analogie avec une roue, oui, il pourrait même fort bien représenter une roue à huit rayons. — Tout juste, dit Judith.

Wank l'entendit avaler sa salive. Bien, dit-il, mais avant d'ouvrir les yeux, je veux te dire que tu es folle, ou sinon, que tu es tombée sur un marchand qui ne connaît rien aux clefs. A cheval donné il ne faut point regarder la bouche, dit Judith. Regarder *à* la bouche, dit Wank en ouvrant les yeux, et Judith lui demanda du tac au tac pourquoi il n'était pas devenu instituteur. Wank contemplait la clef presque religieusement. Pourquoi n'était-il pas devenu maître d'école, répéta Judith. Il lui manquait, dit-il distraitement, la foi dans la perfectibilité de l'espèce humaine. Judith lui demanda si sa manière ampoulée de s'exprimer visait à la ridiculiser. Mais qu'est-ce que tu as ? demanda-t-il. Tu devrais m'aimer, pas me corriger, cria-t-elle en le secouant. Je suis en mesure de suivre le second conseil, dit-il, mais pas le premier, du moment que je t'aime *déjà*, même si à côté de ton cadeau, mes crackers n'ont pas la moindre valeur. — Judith prit la défense des crackers de Wank avec véhémence, il fut soulagé de l'entendre.

Pendant qu'il lui décrivait la clef, dit-elle au cours du repas, elle avait une fois de plus pris conscience de la minceur de son savoir. Elle n'aurait même pas été capable de nommer les différentes parties d'une clef. Wank dit que nommer n'était pas d'un grand secours. Elle si, ça l'aidait, dit Judith, elle se sentait plus à l'aise en face des choses dont elle connaissait le nom. Que la «chose» en question soit une plante, un animal, une personne, ou même un objet inerte, voire une odeur ou un bruit. Il admettait, dit Wank, que la connaissance des noms et des dénominations, parce qu'elle signifiait ou semblait signifier une première approche de ce qui était nommé, pouvait donner l'illusion d'une certaine familiarité. Mais tout compte fait, je ne me rapproche pas de la patate que je suis en train de peler si je l'appelle «pomme de terre». Mon père, d'ailleurs, ne devait jamais les peler lui-même, ma mère le faisait pour lui. — Eh oui, dit Judith, autres temps, autres mœurs, mais dis-moi, qu'est-il arrivé à ton ongle ? — C'est une longue histoire, dit Wank, je te la raconterai une autre fois, maintenant, c'est la fête de demain soir qui importe, et que tu as certainement oubliée. Qu'allons-nous servir ? Et surtout, puis-je compter sur ton aide ? — Non, dit Judith, je ne l'ai pas oubliée, et les côtelettes d'agneau prévues sont déjà au frigidaire, je vais les faire mariner cette nuit. — Seigneur Dieu, dit Wank, je vais t'épouser, incessamment. — Qu'en est-il du gril ? demanda Judith. Il empunterait le barbecue de Schnorf, dit Wank, et pour le mariage, il n'avait pas le moindre rapport avec les côtelettes, à vrai dire. Judith fit observer que l'expression à vrai dire introduisait souvent un petit mensonge.

Tu es pâle, tout à coup, et tu as l'air tellement fatigué, dit Wank après le repas. Quelle chance que tu prennes congé la semaine prochaine. Est-ce que tu as des projets ? — Je resterai couchée sans bouger, dit-elle, des jours et des jours et n'importe où, et surtout, j'aimerais tout laisser tomber, planter là la médecine orale préventive. — Pour lui c'était pareil, dit-il, lui aussi, il aimerait lâcher son travail chez Krebs qui, une fois pour toutes, s'était révélé un cochon, mais il lui fallait bien vivre de quelque chose. Judith dit qu'elle gagnait assez pour deux, qu'il n'avait qu'à mettre un terme à cette existence d'encavé qui lui ôtait ses forces, tu peindrais les tableaux les plus beaux du monde sans cette cave. — Non, dit Wank, ce n'est pas la cave, je ne sais pas ce que c'est, mais la cave n'y est pour rien, et je ne peux pas accepter ton argent, ça suffit que j'utilise constamment ta voiture, même pour mon plaisir. Hier, par exemple, je suis allé à la campagne, et pendant que tu gagnais ta vie, j'ai fait un petit tour — à propos, il y a encore des chicorées sauvages, tu entends, il y a encore des chicorées sauvages — comme un vagabond, j'ai marché à travers champs en plein après-midi, et dans un cimetière de village, j'ai eu une longue conversation avec une femme étrange.

Judith était figée. On aurait dit qu'elle écoutait. Mais elle n'écoutait pas les paroles de Wank — il le remarqua —, et le regard de ses yeux gris de zinc, posés sur Wank, ne lui était pas destiné, mais semblait attaché à quelque chose qui se trouvait *entre* elle et lui. — Une femme très étrange, répéta Wank lentement. Judith ne réagit pas. Le bout de son nez était tout blanc. Tu ne la vois pas ? chuchota-t-elle. Quoi donc ? demanda-t-il en jetant un regard circulaire. La lumière, elle flotte ! — Mais où ? — Sous la lampe, juste entre nous. — Wank ne voyait pas la moindre lumière. La boule japonaise n'était pas encore allumée, il n'était que huit heures. Il demanda : — A quoi elle ressemble, ta lumière ? — Elle a un halo un peu jaune, dit Judith, je ne peux pas la décrire, mais au centre, elle est d'un orange intense, comme l'iris d'un hibou, maintenant elle a disparu, elle n'y est plus. — Tu es vraiment surmenée, dit Wank. Elle demeura silencieuse. Tu es surmenée, répéta-t-il en cherchant sa main. Et toi, tu es aveugle ! cria Judith. Il sursauta. Elle tremblait. Ses lèvres étaient presque décolorées. Il se leva, fit le tour de la table et la prit par les épaules. Je ne suis pas surmenée, dit Judith tout bas, elle était là, dis que tu l'as vue, toi aussi. — Elle pressa sa tête en arrière contre la poitrine de Wank. Il posa la main sur son front bombé. Non, dit Judith, je n'ai pas de fièvre, et je veux que tu me croies. — Je ne demande pas mieux que de te croire, mais je n'aime pas être aveugle, ça me fait peur, quand tu vois des choses que je ne vois pas. Il faut bien reconnaître, note bien, que je n'ai jamais été très réceptif au surnaturel. Je suis tout de même heureux qu'il existe des apparitions officiellement inexplicables, car il est bon d'avoir, de temps à autre, le droit d'être ignorant, c'est comme si on se laissait tomber dans un lit particulièrement douillet. — Judith dit qu'il lui arrivait souvent de ne pas savoir si ce qu'il disait était sérieux ou pas, ça la troublait. Si elle répondait sérieusement à quelque chose qu'il disait pour rire, elle se couvrait de ridicule ; si elle prenait à la blague quelque chose qu'il disait sérieusement, elle le vexait. Mais ne disait-elle rien du tout, pour ne prendre aucun risque, il était encore capable de la considérer comme fade ou bornée. — Il voyait bien le problème, répondit Wank, mais lui-même, hélas, ne savait pas toujours très bien comment il fallait prendre ce qu'il disait. Il lui arrivait de parler à la légère tout en sentant qu'au fond, il s'agissait de quelque chose de sérieux, voire, selon les circonstances, de mortellement sérieux. Et au contraire, au moment où il discourait le plus sérieusement du monde, il s'entendait parfois rire sous cape ! C'était désagréable, pour elle aussi, mais difficile à changer. Sami m'a assuré ce matin qu'il était toujours content, et en même temps, il s'est mis à pleurer. — Que c'est compliqué, tout ça, soupira Judith. Wank, toujours debout derrière elle, s'efforçait de dégrafer sa blouse. Oui, dit-il, très compliqué. — Judith vint à son aide. Un instant plus tard, sa respiration se fit un peu plus rapide, elle renversa la tête en arrière et offrit à Wank son visage. Ses lèvres étaient à nouveau irriguées, et entre deux baisers, elle chuchota que dans la chambre voisine, il y avait un lit particulièrement douillet.

Plus tard, blottie contre lui, elle lui demanda s'il n'était pas encore las de son corps. Wank dit qu'il ne comprenait pas pourquoi elle lui posait toujours cette question au moment où il venait de lui prouver le contraire. Prenait-elle les mots plus au sérieux que les actes ? Judith répondit que c'était bien naturel qu'elle lui pose cette question à un moment où elle pouvait être à peu près sûre que sa réponse ne serait pas catastrophique ; elle l'avait bien senti, que son corps lui faisait plaisir, mais elle voulait aussi le lui *entendre* dire, et la probabilité de l'entendre était sans doute plus grande au lit qu'au cinéma ou au concert. — Wank se retourna cérémonieusement, rampa vers le pied du lit et prit les orteils de Judith dans sa bouche. Je m'en délecte ! cria-t-il de dessous le drap. De baiser en baiser, il remonta le long de son corps, et s'arrêta longuement au milieu. Jamais je ne me lasserai de toi ! cria-t-il avant de replonger. Avec les phalanges des deux mains, Judith tambourinait sur les tempes de Wank.

Si j'étais un chat, dit-elle plus tard, je me mettrais à ronronner. — J'aime autant que tu n'en sois pas un, dit-il, les chats sont infidèles et ils décampent tout le temps. — Au fond, tu y crois, toi, à l'amour et à la fidélité, ou tu trouves cette question kitsch ? demanda Judith. Ni l'un, ni l'autre, dit Wank. Donc, tu n'y crois pas ? demanda-t-elle en se mettant sur son séant. Avait-elle déjà entendu parler des enfants loups ? demanda-t-il. Je te prie de ne pas faire dévier la conversation ! — Ce sont deux frères, dit-il, des Mexicains, deux hommes couverts de poils depuis leur naissance, même sur le visage, couverts de poils sur tout le corps, tu imagines ! — Moritz, crois-tu à l'amour et à la fidélité ? — Tout le passé, dit Wank en éventant le drap, tout le passé, même les singeries, même les chatteries, tout vit encore et se déchaîne en nous , tout est stocké. — Judith resta longtemps silencieuse. Au fond, c'est merveilleux, dit-elle enfin. Tu trouves ? demanda-t-il, en s'asseyant à son tour. Oui, dit Judith, si ta théorie est juste, un petit oiseau siffle aussi en chacun de nous, n'est-ce pas joli ? — C'est joli, mais dangereux, dit Wank, les petits oiseaux ne font pas que gazouiller, c'est bien connu. — Oh, toi alors, dit-elle, et Wank dit qu'il était heureux qu'elle n'exige pas de lui qu'il fasse un travail sur soi. Tu ne l'exiges pas non plus de moi, dit Judith. Non, dit Wank en marquant une certaine hésitation, et cela nous donne un petit genre démodé, mais en disant cela, je redoute l'approbation de ceux qui sont *vraiment* démodés. — Personne ne nous entend, dit Judith, d'ailleurs, j'ai parfois l'impression que tu as honte du simple fait que nous formions un couple assez heureux. — C'est vrai, dit-il, quelquefois j'en ai honte, quelquefois j'ai l'impression que nous sommes assis sous un palmier, sur une petite île. La mer, noire et houleuse, grouille de naufragés, et plus le spectacle est atroce, plus nous nous étreignons étroitement. Nous nous embrassons sauvagement sur les yeux, nous nous roulons dans le sable jusqu'à ce que notre extase nous empêche de plus rien voir ni entendre, et nous sommes un couple heureux. — Tu fais comme si l'amour, dit Judith, n'était qu'une manœuvre de diversion désespérée et grossière. Crois-tu vraiment que pour l'amour du monde, nous devions cesser de nous embrasser ? Tu crois que l'effroyable nous oblige au renoncement ? — Ailleurs, dit Wank, on torture, on meurt de faim, et nous sommes couchés sous un drap bordeaux, est-ce que c'est juste ? — En tout cas, ce n'est pas une honte, dit Judith, nous sommes préservés, d'accord, et nous nous aimons. Et alors ? C'est injuste, ça ?

VI

Tout à coup, ça marche. Il rajuste le tapis orange en sorte que les pans épousent symétriquement le socle des WC. Trois secondes, ce geste, trois secondes, et voilà des semaines qu'il ne l'a pas fait. Conformément aux instructions, il empoigne le canard WC par son corps bleu drapeau, lui remplit le cou, gicle le nettoyeur instantané sous le rebord de la cuvette, brosse à fond. La cuvette brille comme promis, elle répand une merveilleuse odeur fraîche. Puis c'est au tour de la baignoire, du liseré brunâtre qui indique le niveau des quelques derniers bains. Ouste, et loin aussi, la boulette de poils gluants agglutinés sur la grille d'écoulement. On chante, on siffle, et brille le lavabo, et le miroir reluit et lui renvoie un visage résolu. Wank se regarde dans les yeux, voit sa tête reproduite encore une fois dans le noir des pupilles. Et puis quoi ? A partir d'aujourd'hui, tout est clair.

Par la fenêtre du salon, il aperçoit sans la moindre appréhension la rhubarbe des Schnorf (vert de zinc foncé) et les géraniums de Gertrude (rouge de cadmium clair). Un régal pour l'œil. Je refais surface. Aujourd'hui, rangements, demain, on fête l'été, après-demain, j'ôte le rideau de la toile et je repars à zéro. En un rien de temps, les journaux sont ramassés, ficelés, empilés au bureau, et tant qu'on y est, eh bien ouvrons la fenêtre à deux battants, jetons un regard au bas du talus, sur l'autoroute ronronnante du samedi ; et avec un *c'est la vie*, empoignons l'aspirateur au passage. L'aiguille du sac à poussière est bien sur rouge, mais ça indique tout simplement qu'il faut débloquer le levier du couvercle à l'intérieur de la poignée, soulever le couvercle, décrocher le sac à poussière plein de son rail en tirant sur la languette en carton qui dépasse et glisser un sac à poussière neuf. Pas de problème. Fixer le suceur au tuyau, tirer le cordon de l'aspirateur pour le dérouler, enfoncer la fiche dans la prise. Rien que des gestes faciles, le passage de l'aspirateur proprement dit donne presque l'impression d'une récompense pour quelque chose qui va de soi. Wank éprouve un tel plaisir à sentir la force d'aspiration qu'après avoir nettoyé le tapis, il fixe pour la première fois de sa vie le suceur d'angles, afin d'atteindre également les recoins difficilement accessibles, ainsi que les papillons morts couverts de poussière qui gisent le long des plinthes.

L'abcès de son aisselle le fait souffrir plus cruellement que jamais, bon, il y en a qui ont le cancer, ou qui sont paraplégiques, et les bouteilles vides à la cuisine, il s'agit à présent de les évacuer. Il en remplit quatre cornets en papier, les descend à la voiture, démarre. Chaque bouteille qui éclate à l'intérieur du conteneur — pourquoi ce bruit m'a-t-il toujours paru menaçant ? — l'allège ; d'autre part, il achète dix bouteilles neuves à la Coop du coin. Pleines ; elles mettront de l'ambiance, ce soir. Bizarre ? *non*, parfaitement normal : la caissière, qui jusqu'ici lui avait à peine prêté attention, non seulement daigne tailler une petite bavette, mais mieux encore, se laisse conter fleurette, la demoiselle rayonne, étincelle, passe la pointe de sa langue sur ses lèvres fardées, et Wank poursuit tranquillement : s'il est vrai que vous avez de la peine à trouver le sommeil les nuits de pleine lune, nous pourrions organiser quelque chose pour demain soir. La jeune fille dit — Wank l'entend sans s'ébahir — : Et pourquoi pas ? Ce n'est pas toujours l'été. — Mais où ? demande Wank. Elle hausse les épaules. C'est vrai, songe Wank, c'est *moi* qui suis l'homme, bien sûr. A huit heures, dit-il, à huit heures au zoo. Il ferme à six heures, dit-elle. — Certainement, dit Wank, mais j'ai la clef. — Etes-vous gardien ? — Je suis responsable de la maison des éléphants. — Parole d'honneur ? — Wank hoche la tête. Super, dit-elle, et il est soulagé que les dialogues imaginaires ne portent pas à conséquences.

Un moineau est posé sur la route, Wank freine, le moineau s'envole, passe sous la voiture, un bruit, comme une boîte en carton remplie de copeaux qu'on secoue. Vivement, Wank allume la radio, il est trois heures pile, la radio annonce une chute de température, et pour dimanche déjà, des précipitations ; enfin. Tout comme, maintenant, je passe de seconde en troisième en poussant doucement le levier avec l'index, voilà comment on peut prendre la vie, à la légère, à la douce.

Judith était hors d'haleine. Wank lui prit les sacs à provisions des mains et demanda, avant même de l'avoir saluée correctement, si elle avait pensé qu'avec les côtelettes d'agneau, il fallait servir une sauce. Oui, dit Judith d'une voix forte. Wank s'excusa. — Il n'avait pas voulu se mêler de ses affaires, il venait de s'aviser que la viande grillée tend à la dessication. Je suis en nage, dit Judith, il fait tellement lourd, il faut que je reprenne une douche. C'est que la salle de bain est impeccable, dit-il. Tu cherches à m'en détourner ? demanda-t-elle. Pas le moins du monde, on peut aussi se doucher en faisant attention. — Ah oui, on peut ? — Mais qu'est-ce qui te prend ? demanda-t-il. Mais qu'est-ce qui te prend ? demanda-t-elle. Tu es froid et nerveux. — Le temps va tourner, dit Wank, allons-y, douchons-nous, douchons-nous.

Les Schnorf arrivèrent les premiers. Eugène en bermudas à carreaux, Pia en combinaison kaki avec bandeau assorti. Ils apportaient un paquet énorme. Schnorf faisait mine de crouler sous le poids. Il supplia Wank en ahanant de lui ôter le paquet des épaules ; et que Judith donne un coup de main, sans quoi Wank attraperait une hernie. C'est pour nous ? demanda Wank incertain. Non, pour vous, dit Schnorf, et Pia s'esclaffa. Wank et Judith prêtèrent main forte. Wank l'avait deviné, et ne fut donc pas particulièrement surpris de découvrir que le paquet pesait à peine deux cents grammes. Il rit par devoir,

Judith aussi fit de son mieux, mais leurs efforts se noyèrent dans les éclats de rire des Schnorf. Défense de l'ouvrir avant minuit, dit Eugène. Dieu soit loué, pensa Wank, d'ici-là je serai plus indulgent. — Schnorf essuya la sueur de son front de son avant-bras poilu. Son visage reluisait, même les oreilles reluisaient, Wank fut frappé de les découvrir toutes petites et délicates, mal assorties à ce crâne dont tout, sinon, était grossier et épais. Judith fit passer les hôtes sur le balcon, Wank déboucha une bouteille de blanc à la cuisine, appliqua le goulot à ses lèvres et but une bonne rasade avant de remplir les verres préparés sur un plateau. A cet instant précis, les Muller frappèrent à la porte qui était restée ouverte en criant : OuhOuh ! — OuhOuh ! cria Wank qui sortit et aperçut, entre la ceinture du short Denim de Gertrude et l'ourlet de sa blouse, une bande de ventre bronzé. Wank appela Judith, tant il lui paraissait impossible de saluer ses invités tout en recevant le bouquet d'œillets de Gertrude et la bouteille de vin de Hubert. Judith ne le laissa pas dans ce mauvais pas, en maîtresse de maison consommée, elle fit entrer les Muller et les remercia avec une telle cordialité pour les magnifiques œillets que Wank s'étonna de son art de feindre. Elle détestait les œillets. Et si elle avait un amant, est-ce que je m'en rendrais compte ? se demandait Wank en suivant Hubert au salon, le plateau à la main. Hubert, en tout cas, n'est pas un danger, encore qu'il ait pas mal d'allure, Judith n'aime pas les chemises polos, mais peut-être qu'elle fait semblant. Enfin ! s'écria Schnorf en voyant les verres pleins, et il se précipita du balcon dans le salon. Malotru ! lui cria Pia. Wank lui apporta un verre et ils trinquèrent. Appuyée à la balustrade, elle s'excusa pour l'avidité d'Eugène. C'est ce temps qui donne soif, dit Wank. Oui, il fait rudement lourd, dit Pia en descendant de quelques centimètres la fermeture éclair de sa combinaison. Ça tient chaud ? demanda Wank. Pas vraiment, dit Pia. En fait, elle est légère et aérée, et je parie que j'y transpire moins que Gertrude dans ses shorts. — Wank sentit que venant de sa part, une remarque négative sur les shorts de Gertrude aurait fait plaisir à Pia. Il se pencha et souffla sur les charbons de bois incandescents. A l'intérieur, on riait, sans doute Schnorf venait-il de faire sa première plaisanterie. Mais voilà, il faut bien qu'on les mène promener, ses jambes, et d'autant plus quand on les a longues et bronzées, dit Pia qui s'accroupit et se mit à son tour à souffler sur les braises. Wank regarda son profil. Son visage était crispé tant il s'appliquait à paraître plus jeune qu'il n'était. Que cet effort ait précisément pour effet de les vieillir, beaucoup de femmes semblaient l'ignorer, à moi en tout cas, les quelques-unes qui restent solidaires de leurs printemps me plaisent mieux. Belles braises, dit Pia. Oui, dit Wank, on va s'y mettre. — Qu'est-ce que vous mijotez, tous les deux, demanda Schnorf en vidant le verre de Pia. Nous ne mijotons rien du tout, dit-elle, nous faisons revenir la viande. — Mais c'est encore pire ! s'écria Schnorf et il rentra à la salle à manger en chevrotant, pour y répandre la nouvelle. Pardon, dit Pia.

Les côtelettes d'agneau furent un succès. Muller qui, assis en face de Wank, était enrhumé et éternuait à une telle cadence que Wank poussa son verre sous le bouquet d'œillets pour le mettre un peu à l'abri des virus, Muller, donc, déclara qu'il était un convive critique, et que si l'assaisonnement d'une grillade manquait d'harmonie, il le remarquait tout de suite, mais que celle-ci était parfaitement épicée, c'est-à-dire que l'ail, par exemple, ne s'imposait pas. Sa voix est beaucoup trop aiguë, pensa Wank, elle dévalorise la barbe. — Gertrude s'extasia sur les fonds d'artichaut farcis à la purée d'oignon dont Judith avait garni la viande, et Pia qualifia la sauce Madère de dingue. Schnorf ne dit rien, mais sa façon de manger montrait bien qu'il se ralliait à l'opinion commune. Le vin rouge aussi est bon, dit Gertrude. Ma chère Trudi, dit Hubert, je t'ai déjà répété cent fois qu'un vin n'est pas simplement «bon», un vin est fruité ou élégant, moelleux ou charpenté, et ainsi de suite, mais jamais «bon». — Eh bien, dis-nous comment tu caractérises ce vin-ci ? demanda Gertrude, manifestement moins vexée de cette critique que fière des compétences de son époux. Hubert prit une gorgée, la garda un peu dans sa bouche en actionnant les mâchoires, comme pour croquer le vin. Alors ? interrogea Gertrude. Nerveux, dit Hubert, finement nerveux et charmant, mais un rien ovale en finale. — Gertrude jeta un regard à la ronde. Elle guette des signes d'admiration, pensa Wank. Schnorf rota. Pardon, dit Pia. C'est du bluff ! cria Schnorf, comment peux-tu prétendre juger d'un vin avec ton rhume ? On trouve n'importe quel sirop nerveux, quand on a les papilles bouchées. — Tous éclatèrent de rire, même Hubert, Gertrude en hésitant un peu.

Dehors, la nuit tombait. Judith, qui n'avait presque rien bu ni mangé, alluma la lumière et commença de débarrasser la table. Wank l'aidait. C'est terrible ? lui demanda-t-il à la cuisine. J'y survivrai, dit Judith. Wank affirma que c'était bien la dernière fois qu'il la fourrait dans un pétrin pareil. S'il continuait à boire à ce rythme, dit Judith, elle s'attendait au pire. Wank dit qu'il n'avait pas le choix ; s'il ne buvait pas, il avait mal à la tête à cause des *gens,* s'il buvait, c'était à cause du *vin,* et il aimait autant la seconde variante. Donc, il avait bien le choix, dit-elle. Oui et non, dit-il, il n'avait le choix qu'entre deux manières de faire venir les maux de tête, la migraine était son destin. — Schnorf entra en trébuchant, demanda s'il dérangeait et s'il pouvait avoir les os des côtelettes pour son chien. Judith les lui emballa dans du papier d'aluminium. Schnorf caressa le bras de Judith avec gratitude. Wank vit qu'elle avait la chair de poule. Tu as une petite femme superbe, dit Schnorf en envoyant une bourrade à Wank. Et ta femme, dit Judith, elle a un petit bonhomme sensass, ta femme. — Oui, elle est vraiment bien tombée, dit Schnorf flatté, en se dirigeant vers les cabinets. Tiens bon ! chuchota Wank.

La peluche, c'était confortable et intemporel, soutenait Pia. Certes, répondait Gertrude, elle se demandait seulement si c'était solide aussi. C'est bien ça le problème, disait Pia, et si tu veux des enfants, je te conseille plutôt du velours côtelé. — Et le cuir ? — Délicat, délicat et coûteux. — Pour l'instant, nous ne voulons pas d'enfants, pas vrai, Hubert ? — De toute façon, il sera bientôt interdit d'en avoir, des enfants, en tout cas à nous autres Suisses, dit Hubert en sortant les mains des poches de son pantalon en lin beige pour allumer une cigarette. Son briquet portait ses initiales, H.M. Il était doré, et Hubert déclara : c'est un cadeau publicitaire. — Qu'est-ce que tu fais, au juste ? demanda Wank. Je dirige l'administration de montage d'une firme d'ascenseurs. — Pourquoi interdit ? demanda Pia. Question de place, dit Muller, les étrangers passent les premiers, et nous pouvons nous estimer heureux de trouver une place debout dans le tram. — Exact, dit Schnorf en entrant, mais saviez-vous que le problème des demandeurs d'asile, au moins, est sur le point d'être résolu ? — Maintenant, il va dire une blague, pensa Wank, et je ne peux même pas l'en empêcher. — Judith se leva en annonçant qu'elle allait s'occuper du café. Schnorf dit que la fabrique de conserves Hero avait acheté tous les demandeurs d'asile. Wank buvait, prostré. Eh, Moritz ! cria Schnorf, tu n'as pas entendu ? Wank fixa les yeux exorbités de Schnorf et dit : malheureusement si. Pia dit qu'il ne fallait pas prendre trop au sérieux les bons mots d'Eugène. Carbure un peu plus, dit Schnorf, l'humour viendra tout seul ! La Suisse aux Suisses ! brailla Muller. Ça vaudrait mieux, dit Wank, elle s'abrutirait plus prestement, par consanguinité ! Qui te retient ? dit Muller. C'est justement ça qui me retient, dit Wank, ce mélange de crétinisme et de roublardise. — Judith, qui apportait le café, le dévisagea avec inquiétude, et

Schnorf dit : Je n'arrive pas à contrôler mes brûlures d'estomac. — Je te trouve terriblement négatif, dit Gertrude. Tu devrais prendre un Alucol, dit Pia. Qui veut du café ? demanda Judith. Muller déclara qu'il était pour la Suisse, à fond, y compris pour l'armée qui en était le noyau. Qui veut du café ? demanda Judith. Le nouveau programme d'acquisition des blindés, par exemple, il le considérait comme rigoureusement adapté à toutes les menaces. Et moi qui suis polyvalent pionnier à la protection civile, je suis aussi un noyau, moi ! cria Schnorf. Ceux qui en veulent n'ont qu'à se servir, dit Judith d'une voix éteinte. Wank voulut savoir si un être qui réussit à prononcer d'une traite l'expression «programme d'acquisition des blindés» était capable de consoler un enfant, et si oui, pourquoi. Tu vois les choses par le petit bout de la lorgnette, dit Gertrude. Il ne comprenait pas, poursuivit Wank, comment c'était possible qu'il y ait des millions de femmes qui acceptent de se faire sauter par des partisans du programme d'acquisition des blindés. — Hubert secoua la tête, Gertrude leva le bras et se lissa les tempes, en sorte que Wank vit son aisselle épilée et une partie de son sein. Nous ne sommes pas de bois, nous non plus, dit Pia. Schnorf émit un grognement approbateur et Judith dit : peut-être que ton rêve nous dépasse. — Quel rêve ? — L'homme tout noir, dit Judith timidement, qui rêve d'une petite colombe immaculée, tu comprends ? Vous barbouillez, et c'est à nous de mettre au net. — Il n'était pas un homme noir, dit Wank, et malgré tout, il maintenait ce qu'il avait dit : si toutes les femmes du monde s'engageaient à ne pas se laisser toucher par un homme qui touchait aux armes, si elles disaient tout simplement «choisis : elles ou moi», on serait plus à l'aise. — A la société de tir, c'est là qu'on est le plus à l'aise, déclara Schnorf, et Muller ajouta que par bonheur, les femmes n'étaient pas bêtes, et que si elles étaient aussi bêtes que Wank voulait qu'elles soient, l'humanité s'éteindrait. — Et nous autres, Suisses, en tout premier, dit Gertrude, puisque le tir est notre sport national. — Tu sais pourquoi ? demanda Wank. Guillaume Tell ! brailla Schnorf. Faux, dit Wank. Symbole de notre vaillance, émit Muller, qui vaporisa son spray dans la narine droite, pressa le pouce contre la narine gauche et aspira le tout. Non, dit Wank, c'est parce qu'il n'y a aucune autre espèce de sport qui soit aussi bruyamment dépourvue d'imagination. — Allez, laisse tomber, dit Muller. Schnorf avait perdu le fil, il bredouillait, et quand les femmes eurent disparu à la cuisine pour laver les tasses à café, il dit : Sous la jupe, elles sont toutes les mêmes. — Wank lui demanda pourquoi il laissait pousser sa rhubarbe. Pia avait dépassé la quarantaine, dit Schnorf, mais elle avait toujours le feu au tambour. Il s'était aussi posé la question, dit Muller, il l'aurait bien prise, mais à présent, les tiges n'étaient plus comestibles, évidemment. Wank sentit la tête lui tourner.

Vers minuit, ils eurent tous faim, surtout Schnorf, et tout indiquait que Wank allait devoir sacrifier sa tresse dominicale, et peut-être même le jambon qu'il avait acheté pour le petit déjeuner. Judith devina son désarroi et demanda si on pouvait encore manger du jambon vieux de cinq jours. Pia dit que tout dépendait de l'âge qu'il avait au moment où on l'avait acheté. Gertrude offrit d'aller chercher un peu de saucisson, du saucisson de dinde. Pia évoqua une baguette dont elle pouvait se passer. Judith s'excusa, mais tous se récrièrent. Pouvait-il avoir le vieux jambon pour son chien ? demanda Schnorf. Wank jeta à Judith un regard anxieux. Bien sûr que tu peux le prendre, dit-elle avec chaleur, et Wank, qui voyait bien que Judith n'avait aucune autre issue, leva les yeux au plafond. Mais promets-moi une chose, poursuivit Judith, tu ne nous rendras pas responsables de l'empoisonnement de César. — Schnorf fut aussi horrifié que si son chien était déjà mort, et tandis que les autres riaient, Wank se demandait comment il pourrait survivre sans Judith.

Après le médianoche, dont Schnorf, sans mot dire et comme on pouvait s'y attendre, s'attribua la part du lion, Pia s'écria : Et notre cadeau ! Où est-il ? — Dans le corridor, dit Wank, je vais le chercher. — Ils firent tous cercle autour du paquet géant, Wank entreprit de le déballer. Dans la première boîte s'en trouvait une seconde, plus petite, à l'intérieur de laquelle s'en trouvait une troisième. Wank s'efforçait de rire avec autant de naturel que possible. Après la quatrième boîte, il dit à Schnorf qu'on voyait bien qu'il était magasinier professionnel. Schnorf, vexé, répondit que maintenant, il était préposé à l'expédition, et qu'il avait deux magasiniers sous ses ordres. Wank dit pardon, et Gertrude dit qu'elle ne savait jamais si magasinier s'écrivait avec s ou z. Les opinions étaient partagées. Wank dit qu'il n'en revenait pas qu'il y ait des gens qui fassent une différence entre s et z. — Et toi ? quel est *ton* métier ? demanda Muller. Hygiéniste dentaire, dit Judith. Mille tonnerres, tu ne pourrais pas me traiter, une fois ? dit Schnorf. — Elle le pourrait, dit Judith, il n'avait qu'à prendre rendez-vous chez le dentiste. Schnorf demanda si elle lui apprendrait à brosser correctement. — Pia et Gertrude poussèrent des cris perçants, Muller se jeta sur le sofa. Judith rougit et eut l'air tellement désarmée, pendant quelques instants, que Wank eut honte d'avoir ri et la serra rapidement contre lui. Nom de Dieu ! cria Hubert, j'ai perdu un verre de contact. — Comment est-il ? demanda Pia. Transparent ! cria Muller. Judith explorait le divan, les autres rampaient tout autour sur le tapis. Schnorf, tout en faisant mine de chercher, serrait Gertrude de près. C'est la lentille gauche ou droite ? demanda Gertrude comme si l'issue des recherches en dépendait. Hubert dit que c'était la gauche et Judith dit : Je l'ai. — Wank ouvrit la sixième et dernière boîte, dans laquelle ne se trouvait pas, comme il l'avait craint, un chien en porcelaine bourré de sels de bain, mais une bombe de table. Wank la posa sur la table, alluma la mèche et recula de quelques pas. Ils s'attendaient tous à l'explosion et tous sursautèrent quand le couvercle jaillit. Avec des hurlements de joie, on ramassa, fixa et colla les nez, les moustaches et les lunettes en plastique qui avaient giclé en l'air, puis après que Wank, malgré les yeux las de Judith, eut mis un disque, Hubert annonça qu'à présent, on allait mettre le feu à la bicoque, et empoignant Gertrude, il ouvrit le bal et bientôt tous se mirent à se déhancher. Seule Judith resta assise. Wank eut l'impression qu'elle posait un regard un peu railleur sur les pieds des danseurs. Ses yeux le gênaient. En fait, il savait bien que ni lui, ni les autres ne dansaient vraiment, et qu'ils se contentaient de sautiller n'importe comment, mais ça ne justifiait pas du tout un regard pareil. Il arracha la moustache de sa lèvre et la jeta à Judith en criant : Allez, viens ! — Elle secoua la tête tristement. Il se trémoussa dans sa direction et lui dit à voix basse : Tout a une fin. — Elle hocha la tête. Elle le regardait d'un air suppliant, et il se détourna. Pia le prit par les hanches. Elle ne vient pas ? dit-elle. Elle est très fatiguée, dit Wank. Pas moi, dit Pia. Ses yeux étaient petits et noyés. Mais tu perds tout le temps l'équilibre, dit-elle en pressant le bassin contre lui. Wank regarda Judith, Judith regardait le plancher. Schnorf, qui s'était approprié le plus gros nez, sautillait derrière Gertrude qui tournait autour de Hubert qui tournait nonchalamment sur lui-même en faisant claquer ses doigts. Une réplique du système solaire, pensa Wank, et Schnorf bégaya à plusieurs reprises : Tel pif, telle pine. — Ça serait trop beau, glapit Pia. Wank demanda quand il devait lui rapporter le gril. Sa voix lui parut odieuse, comme enregistrée. Pia demanda ce qu'il avait dit. Il devrait mettre une autre musique, lui cria Gertrude. Ses géraniums ne me disent rien qui vaillent, dit Wank. Muller demanda une tyrolienne, Schnorf se gratta et déclara qu'on ne vivait qu'une fois.

Il nous faut trois pommes de terre, trois boîtes d'allumettes vides et trois ficelles. — Pour quoi faire ? demanda Wank. Un jeu, dit Hubert. Judith bâilla, Wank bâilla de même et demanda si quelqu'un savait pourquoi bâiller était contagieux. Schnorf était vautré sur le sofa, la ceinture ouverte. Qu'il ôte au moins ses sandales, ordonna Pia. Hubert répéta qu'il désirait des pommes de terre, des boîtes d'allumettes et des ficelles. Wank constata que sa question n'intéressait personne, bien qu'à son avis elle ait été importante. Il répéta avec insistance que bâiller était contagieux même par téléphone. Pas la chaude pisse non plus, dit Schnorf. Judith posa une main sur le bras de Wank. Elle est gentille, elle souffre et pourtant, elle me console. — On le fait, ce jeu des patates, ou pas ? demanda Muller. Wank regarda l'heure. Parole d'honneur, il est amusant, dit Gertrude, nous y avons souvent joué aux Canaries, mais pas avec des pommes de terre, à vrai dire, avec des abricots. — Ma chère Trudi, dit Hubert, ce n'étaient pas des abricots. — Alors je deviens folle, dit Gertrude. Ce n'étaient pas des abricots, cria Muller. Schnorf, qui somnolait, sursauta et s'assit, — sans doute dans l'attente de quelque chose à se mettre sous la dent. Pas si fort, dit Pia à Hubert, tu vas réveiller tout le voisinage. — Les bonnes femmes croient toujours tout savoir. Wank dit qu'il n'avait hélas ni pommes de terre, ni abricots. Des œufs au plat peuvent aussi faire l'affaire, dit Schnorf. Tu sais quelle heure il est ? lui demanda Wank. On ne me chassera pas deux fois, dit Schnorf en se rendormant. Ce ne fut que lorsque Judith ouvrit la porte-fenêtre — malgré les essaims de moustiques en embuscade que les invités se résolurent au départ. On réveilla Schnorf, et bien que Pia dût le soutenir car ses jambes se dérobaient sous lui, il eut encore l'énergie d'entonner la chanson de la vie qui n'est qu'un coup de dés.

L'alcool est un faux ami, justement, dit Judith en s'efforçant de faire boire un verre d'eau de Seltz à Wank assis au pied de la baignoire. Ce n'était pas l'alcool qui le rendait misérable, prétendit-il, l'alcool faisait simplement remonter la misère foncière à la surface. — Ce n'est donc pas le vin qui te fait tourner la tête ? — La tête me tourne *toujours*, dit-il, elle me tourne même à l'eau minérale, le parcours de ma vie n'est pas un parcours, en fait, mais un trouble de l'équilibre, j'ai perdu l'équilibre en sortant de l'œuf, immédiatement, et sans doute ne suis-je pas un véritable vertébré, je te le signale juste pour que tu le saches et ne viennes pas un jour me reprocher de t'avoir trompée. — Judith lui reboutonna sa chemise et lui palpa les côtes. — Pure façade, dit Wank, ne te laisse pas avoir. — Quoi qu'il en soit, dit Judith en lui posant un baiser sur le front, l'essentiel, c'est que tu sois sorti de l'œuf. — Il leva les yeux vers elle. Il lui dit que ce matin-là, il avait pris la décision de tout trouver normal, et que pendant un moment, ça avait marché, il s'était servi de l'aspirateur pour ainsi dire en grand seigneur, il avait dit oui à la rhubarbe de Schnorf, oui au géranium de Gertrude et à toute la nature, sans arrière-pensée, il avait même écrasé un oiseau sans se torturer les méninges, mais à présent qu'il la regardait de bas en haut, et il s'étonnait, ça le reprenait, il s'étonnait de pouvoir aimer un être pourvu de narines. — Chapeau, dit Judith, décidément on n'en fait pas deux comme toi, et pourtant tu devrais aller te laver les dents. — Soit un milliard de Chinois dont la moitié, c'était prouvé, ne se lavait jamais les dents, dit Wank, eh bien, il se joignait aujourd'hui à cette moitié, mais au fond, il ne s'agissait pas du tout de la Chine, au fond, il s'agissait de la chose suivante : J'ai remarqué tout récemment que le brossage de mes dents avait perdu tout rapport avec mes dents, ce n'est plus qu'un rite mécanique, et maintenant la tentation est grande, bien sûr, de généraliser cette découverte à mes moindres soupirs et de me demander : est-ce réellement comme ça que je vis ? Comme tu m'as dit hier que souvent tu ne sais pas si je suis sérieux ou non, cette fois, voilà, je te le jure : c'est sérieux. — Wank leva trois doigts pour prêter serment. Judith dit qu'elle le croyait, mais qu'elle ne comprenait pas très bien pourquoi, à deux heures et demie du matin, il lui fallait encore chercher des rapports entre le brossage des dents qui du reste, était utile même quand il s'effectuait de manière mécanique, et la vie avec un grand V. — Il voyait bien, dit Wank, qu'elle n'avait aucune envie de prolonger un petit peu cette conversation, qui pourtant représentait la seule chance de donner à cette soirée bestiale une conclusion mieux en accord avec la dignité humaine. Elle n'avait qu'à aller se coucher en paix, il dormirait sur le tapis, celui-là même sur lequel il était présentement assis, et tout habillé, on ne lui ferait pas mettre le pyjama neuf qui avait un élastique trop serré, toutefois il était à prévoir qu'il ne fermerait pas l'œil de la nuit, mais composerait intérieurement le tableau qu'il allait peindre lundi, car il avait en effet décidé de ne plus remettre les pieds chez Krebs, mais de retirer lundi le rideau de tulle qui voilait son chevalet, et à présent il ne lui restait plus qu'à espérer pouvoir soulever le bras le moment venu. — Mais c'est fabuleux, Moritz, il faut arroser ça ! Tu prendras bien un petit schnaps ? Wank eut un haut-le-cœur. Une tisane ? — Il fit signe que oui. Judith l'aida à se mettre sur ses jambes, et une fois qu'il fut assis à la table de la cuisine, elle lui dit : — Dis donc, si tu me mettais ça par écrit. Tu ne crois pas que tu auras oublié ta résolution, demain ? — Wank dit qu'il était lucide, mais que si elle faisait la méfiante, elle n'avait qu'à lui apporter du papier et de quoi écrire, nom de Dieu ! Il réfléchit un moment, les coudes sur la table et le menton appuyé sur les poings, puis se mit à écrire en s'interrompant de temps à autre : En pleine possession partielle de mes moyens, je m'engage devant Judith Neretsa à ne plus jamais redescendre dans la cave de la Société Krebs, à ne plus jamais me laisser abattre par le temps, la marche du monde et d'autres énigmes, mais à accomplir ma part avec vaillance. Que les nains m'éclairent. — Voilà, j'ai fini, dit Wank, dois-je signer avec mon sang ou avec mes larmes ? — Au stylo feutre, dit Judith qui poussa la tasse dans sa direction et prit la feuille. Wank la vit remuer les lèvres en lisant, comme un enfant. Il avait envie de pleurer. C'est un beau serment, dit Judith, mais est-ce que tu vas le tenir ? — Wank dit qu'il ne pouvait pas le promettre, il pouvait seulement lui promettre qu'il *désirait* le tenir, c'était comme une promesse de mariage, en somme ; fallait-il aussi écrire cela ? — La promesse de mariage ? demanda Judith. Non, le désir, dit Wank. — Inutile, dit-elle, je te le rappellerai quand tu seras en danger de l'oublier, mais il y autre chose que je ne comprends pas, ces nains... Wank dit qu'il avait eu l'intention de lui en parler la veille, mais... — Tu voulais me raconter d'où tu sors ce doigt violet, dit Judith. Il s'agissait d'autre chose, dit Wank, les nains n'avaient rien à voir avec l'ongle, mais du moment qu'elle lui posait la question, il allait d'abord la renseigner sur l'ongle. Je me suis pincé en refermant le tiroir d'un distributeur de cigarettes, et je ne m'en suis sorti que grâce à l'aide d'étrangers, c'est tout, et maintenant, tu vois en moi un imbécile. — Non, dit Judith, je trouve en effet que ce malheur te va bien ; non pas que tu sois particulièrement maladroit, mais parce que tu veux toujours te glisser à l'intérieur des choses ; tu dois bien accepter que parfois elles fassent claquer leurs mâchoires. — Je ne suis donc pas un imbécile ? demanda Wank, et Judith dit que si tous les hommes qui se sont un jour pincé les doigts étaient des imbéciles, le monde serait peuplé d'imbéciles. — D'accord, dit-il, mais ce qui lui était arrivé était davantage qu'un simple doigt pincé, elle avait elle-même, d'instinct, utilisé le mot «malheur», et non pas «malchance», par exemple. Que voulait-il insinuer par là ? demanda Judith. Que je suis peut-être quand même un imbécile, mais un imbécile hors du commun... Judith dit qu'elle ne suivait pas son raisonnement, et Wank dit qu'il allait alors lui raconter l'histoire des nains. Est-ce que tu te rappelles que je t'ai parlé hier d'une femme étrange que j'ai rencontrée par hasard ? Obscurément, dit Judith. Ça m'étonne que tu aies entendu, dit Wank, eh bien, cette femme m'a conseillé de suivre l'exemple des sept nains qui, après quelques cris de surprise et d'admiration, ont éclairé de leurs sept petits lumignons l'incroyable merveille endormie dans le septième petit lit, tu comprends ? — Wank laissa échapper quelques sanglots et assura qu'il n'avait pas le vin triste, mais qu'il était un pauvre diable sentimental juste bon à aller se coucher. Elle était sentimentale, elle aussi, dit Judith, enfant, elle se mettait à pleurer chaque fois qu'elle lisait ce conte, pas au même endroit que lui, mais là où Blanche-Neige revient à la vie, ouvre les yeux, demande : «Mon Dieu, mais où suis-je ?», et reçoit du prince inconnu cette réponse brève, mais profonde : «Tu es près de moi». — Et Judith de sangloter à son tour, puis de sourire de ses larmes, en disant qu'elle aussi allait se coucher. Nous avons donc le même but, dit Wank, et chose plus rare encore, le même chemin.

Il était allongé auprès d'elle, lourd, et la sentait éveillée. Elle le caressait, chuchotait, l'un et l'autre lui apparaissaient comme des bribes du rêve qui venait. Il parvint encore à poser une main sur son sein, non sans amour, mais sans douceur.

Un sursaut de Judith le réveilla, et vu qu'au même moment, Schnorf tira la chasse, il devait être cinq heures. Ivre de sommeil, il détesta Schnorf, et l'espace d'une seconde, également Judith qui, visiblement en proie à de mauvais rêves, se retourna en balbutiant et en entraînant son pan de drap à lui.

Wank se mit sur son séant. A l'arrière du crâne cognait un pouls violent, dans le creux de l'aisselle, Wank sentit quelque chose d'humide. Il y passa un doigt aussitôt gluant. Wank se leva, et déjà sur le chemin de la salle de bain, une bouffée de bonheur dissipa sa frayeur. Depuis le temps que je l'attendais, la voilà, maintenant, l'éclosion, ça se vide, à présent. — A l'aide de flocons d'ouate, il tamponna l'abcès et pressa dessus pour faire sortir ce qui ne venait pas tout seul. Dégoûtant, mais libérateur, je devrais mettre de la musique, je devrais réveiller Judith et lui annoncer à voix haute la fin des souffrances.

Pendant que le cachet d'aspirine, légèrement effervescent, tombait au fond du verre et remontait juste avant de se dissoudre à la surface, Wank se souvint d'avoir lu quelque part que les meilleurs moments de l'un ne sont jamais ceux de l'autre, mais toujours des phénomènes solitaires. Rien à faire. Un jour en Espagne, il avait vu le plus grand soleil de sa vie trôner majestueusement sur la mer ensanglantée, et Wank avait bondi de la fenêtre à la salle de bain, tambouriné à la cabine de douche et crié à Judith de venir tout de suite, et Judith, sans avoir pris le temps de s'essuyer était arrivée trop tard. Rien à faire. Elle dort, elle ne se doute pas que je suis devant la glace, sans abcès, serein malgré la migraine.

Un bonheur, pensa Wank en sortant sur le balcon et en contemplant le ciel couvert (terre d'ombre verte éclaircie de blanc de zinc), un bonheur ne vient jamais seul. — Certes, il ne pleuvait pas encore et le roulement lointain du tonnerre était inoffensif, ridicule même, n'étant pas un roulement, mais un gargouillement étouffé qui rappelait le bruit qu'entendait Wank quand il posait l'oreille sur l'estomac de Judith ; mais le changement ne faisait aucun doute. La ligne des collines, au-delà de la ville, dont la crête, durant des semaines, s'était détachée comme un horizon tranchant, semblait à présent engloutie. Et les oiseaux, ne sifflaient-ils pas différemment ? plus vaguement, et moins fort ? la haute pression abdique, chuchota Wank, et il interpréta son frisson comme la preuve du rafraîchissement annoncé que tous espéraient.

Judith respirait paisiblement. Il s'assit au bord du lit. Il ne voyait que ses cheveux qui formaient une tache foncée dans le noir, et il les caressa du revers de la main. Elle balbutia quelque chose d'inintelligible. Son intonation était si enfantine que Wank s'en voulut de ne pas l'avoir assez protégée jusqu'ici. La Judith endormie me rend conscient de ce que je devrais à la Judith réveillée. Cette dernière dirait à coup sûr que je me trompe, qu'elle ne veut pas qu'on la protège. N'aie pas peur ; je saurai, de jour, tenir en bride les instincts que tu as, dormeuse, éveillés en moi. — Wank s'allongea à côté d'elle. Ne voulant pas tirer sur le drap, il se couvrit de sa robe de chambre et s'efforça pendant un moment d'accorder sa respiration sur celle de Judith.

VII

Le soleil à nouveau s'imposa. De trouée en trouée, il perça la couche de nuages et vers midi, quand le petit déjeuner fut servi, il était maître du ciel. Il fait comme un enfant qui a remporté un certain succès pour avoir dit un joli mot et le répète ensuite jusqu'à ce que personne n'y trouve plus aucun charme, dit Wank, quel genre d'enfant as-tu été, *toi* ? — Judith étala de la confiture sur une tranche de tresse au beurre et répondit : Il y a deux versions. D'après les récits de ma mère, j'étais vive et gaie, alors que je me vois comme une enfant silencieuse, qui ne s'endormait presque jamais sans angoisse. Où est la vérité ? je n'en sais rien, c'est tellement loin, tout ça. — Pour lui, c'était pareil, dit Wank, et il trouvait cela regrettable. Le cerveau humain, dans lequel tant de choses trouvent à se loger, n'est apparemment pas en mesure de stocker l'essentiel pour qu'il reste disponible. Les hommes vivraient peut-être autrement s'ils se rappelaient leurs premiers pas, leurs langes, le goût du lait maternel. Et leurs paroles seraient-elles aussi péremptoires, aussi sonores et tranchantes, s'ils avaient encore dans l'oreille leur balbutiement originel ? Mais c'est bien la faute au Bon Dieu. S'il avait vraiment eu l'ambition de nous rendre plus doux et plus veloutés, il n'avait qu'à nous donner une meilleure mémoire, ou je dis des âneries ? — Non, dit Judith, mais tu oublies qu'il se trouvait dans un dilemme. Imagine que nous nous rappelions notre naissance, notre impression d'étouffer, la lumière froide, tout ce qui, dans nos premières années, nous a blessés et froissés ! Crois-tu que nous serions veloutés si nous n'avions pas oublié les horreurs primitives ? — Tu as raison, dit Wank, nous serions encore plus frustes et méchants, et pourtant : de la part de quelqu'un comme le Bon Dieu, j'aurais attendu davantage d'imagination et de virtuosité technique. Pourquoi ne pas fabriquer une mémoire dans laquelle s'imprimerait uniquement ce qui est du style lait maternel, ce qui nous enrichit, nous fait progresser, nous rend pacifiques ? — Ah, Moritz, dit Judith, tu m'obliges à me contredire et à prendre la défense de Dieu avec un lieu commun : même la douleur, même le malheur peuvent contribuer à nous épanouir. — Même les maux de tête ? demanda Wank. Bien sûr, dit Judith, ils montrent que lever le coude ne te vaut rien. — Pour la gueule de bois, elle restait dans les normes, dit-il, il avait bien la langue râpeuse et cuisante, mais quant au reste, il se sentait d'excellente humeur. Il savourait le jambon sauvé et se réjouissait de l'avenir. Quand je pense que demain déjà une nouvelle vie va commencer, je pourrais exulter. — Donc, tu ne reviens pas sur ta décision ? demanda Judith. Tu en as le serment, noir sur blanc, dit-il, tu es triste ? — Non, j'en suis heureuse, mais est-ce que je compte encore dans ta nouvelle vie, ou est-ce que je deviens accessoire ? — Tu restes le plus important ! cria Wank en donnant — pour souligner la sincérité de son affirmation — un coup de poing sur la table métallique, en sorte que tasses et assiettes sautèrent en l'air et qu'une abeille s'envola du bord du pot de confiture. Sapristi, dit Judith en portant la main à son oreille gauche, je crois qu'elle m'a piquée. — C'est vrai ? demanda-t-il. Elle se pencha par-dessus la table, toucha le lobe avec le majeur en disant : Là ! — En effet, dit Wank, on voit l'aiguillon, perfide, la bestiole. — Ton coup de poing l'a effarouchée, dit-elle. Pardon, dit-il, et il alla chercher des pincettes. Il réussit à retirer l'aiguillon sans crever la poche de venin. Voilà, dit-il, guérie ; encore un peu de pommade pour plus de sûreté, je vais en chercher. — Penses-tu ! lui cria Judith, ce n'est pas la peine ! — Il fallut à Wank un bon moment pour trouver le Fénistil, et quand il revint sur le balcon, Judith lui dit : C'est bizarre, je ne me sens pas très bien, tout à coup. — Ce n'est rien, dit Wank, il lui mit de la pommade et posa un baiser sur le lobe. En bas, dans la rue, Sami allait et venait. Il soufflait dans sa trompette à quatre sous. Judith rit. Wank fut rassuré de la voir rire et se verser encore un petit peu de café, mais il voyait aussi son oreille enfler rapidement. A présent, l'excursion prévue tombe à l'eau, dit-il. Elle se rappelait sa dernière piqûre d'abeille, maintenant, dit Judith. A l'époque aussi — il y avait des années de cela — elle avait eu une réaction très forte, éprouvé la même sensation d'oppression dans la poitrine, mais ça avait passé rapidement, il n'y avait donc aucune raison de renoncer à une grande balade. Wank lui demanda si elle voulait qu'il lui coupe encore une tranche de tresse. Ne va pas croire que je fais la délicate, dit Judith, mais il faut que je m'étende un moment. — Wank éteignit sa cigarette. Judith se dirigea lentement vers le sofa, lui derrière elle, et il lui semblait qu'elle ne respirait pas comme d'habitude. Il humecta d'eau froide une serviette éponge, s'assit à côté d'elle et pressa le linge contre son oreille brûlante. Elle sourit, et comme à présent, les lèvres aussi avaient fortement enflé, son sourire était étrange. Quelle malchance, dit-elle doucement. — Est-ce que j'appelle un médecin ? — Certainement pas, dit Judith, ça va passer, mais... je me sens tellement mal, je... — En hâte, Wank alla chercher une cuvette à la cuisine. Judith vomit. Elle demanda de l'eau. Elle se rinça la bouche et dit qu'elle avait de la peine à avaler. Wank remarqua qu'elle parlait avec difficulté. Il lui demanda si ça avait été aussi grave, à la dernière piqûre. Elle secoua la tête. Qu'est-ce qu'on fait ? demanda-t-il. Ecoute, dit Judith d'une voix rauque. Wank ne comprit pas le reste de la phrase. Une fois au moins, je veux faire le bon geste, pensa-t-il, et il se leva ; c'est dimanche, ça peut durer une éternité jusqu'à ce qu'on trouve un médecin, et si j'appelle l'ambulance, ça double et le temps et le chemin, je vais l'amener moi-même à l'hôpital. — Je vais te conduire à l'hôpital, aux urgences, dit-il. Hubert va m'aider, tout ira bien. — Tu resteras près de moi ? demanda Judith. Elle parlait comme un enfant qui épelle, reprenant de l'air après chaque mot. Oui, oui ! dit Wank, il embrassa ses paupières enflées, sortit de l'appartement et sonna chez Muller. Personne n'ouvrit, il frappa à la porte, pas de réponse. Il bondit un étage plus haut, sonna chez les Schnorf. Il y a le feu ? demanda Schnorf. Sa robe de chambre n'était pas tout à fait fermée devant, Wank aperçut le gland violet de Schnorf. Une petite abeille ? Tu veux rigoler ? — Non, dit Wank au désespoir, elle va vraiment très mal. — Pouvait-il jurer, demanda Schnorf avec un clin d'œil, qu'une abeille était responsable de son état, et pas le mal de cheveux. Les éclats de rire de Schnorf alertèrent Pia, elle aussi en robe de chambre, curieuse d'apprendre de quoi il s'agissait. Wank raconta une deuxième fois ce qui était arrivé, et en se l'entendant raconter, il eut soudain l'impression d'être hyperangoissé. Puis il revit le visage de Judith, entendit sa respiration sifflante, ses paroles pâteuses, et supplia encore Schnorf de l'aider au plus vite à descendre l'escalier avec Judith qui ne pouvait presque plus marcher seule et à l'installer dans la voiture. Pia dit qu'elle avait suivi deux cours de secouriste et appris qu'un secouriste doit se poser quatre questions en cas d'urgence. Il y avait un mot aide-mémoire, constitué des premières lettres de chaque question, et ce mot était ROSE. Elle allait à présent lui poser ces quatre questions dans l'ordre, il devrait y répondre, en pensant à Judith, par oui ou non, on verrait alors à quoi s'en tenir. Wank se mordait les lèvres, tout en se promettant néanmoins quelque secours du savoir de Pia. Respire-t-elle ? demanda Pia. Oui, mais... — Obtenez-vous une réponse quand vous l'interrogez ? demanda Pia. — Oui, dit Wank. — Saigne-t-elle ? — Non. — Est-ce que le pouls est perceptible ? — Je ne lui ai pas pris le pouls, dit Wank, qui eut soudain le sentiment d'avoir omis le geste décisif. Schnorf dit que si elle respirait, le pouls devait être correct. Elle ne respire pas normalement, justement, dit Wank, elle manque d'air et parle d'une voix traînante. Pia lui lança un regard affolé, demanda pourquoi il ne l'avait pas dit plus tôt, cria : viens ! et s'élança devant lui dans l'escalier. A peine eut-elle vu Judith allongée sur le sofa, les yeux brillants, qu'elle se précipita sur ses pas : Eugène ! cria-t-elle dans l'escalier. Wank se mit à genoux, prit les mains de Judith. Ça ira, dit-elle en haletant, et comme il lui serrait les mains pour lui montrer combien sa confiance lui faisait plaisir, Pia réapparut suivie de Schnorf qui avait déjà roulé les manches de son peignoir, et déclara : Vite, il n'y a pas une minute à perdre. — Schnorf, comme s'il avait attendu cette aubaine depuis des années, glissa aussitôt les mains sous les genoux de Judith, mais Judith se débattait en jetant à Wank des regards suppliants. Ce n'est pas la peine de la porter, dit-il, il faut seulement la soutenir. — Avec l'aide de Pia, on mit Judith, très faible en effet, sur ses jambes, et Wank et Schnorf la soutenant, on la fit lentement sortir de l'appartement et descendre l'escalier. Ses pieds touchaient à peine les marches. Au rez-de-chaussée, Wank l'avait redouté, attendaient les Egloff. Les paupières papillotantes de curiosité, ils posèrent des questions charitables, et Schnorf s'arrêta. Il relâcha la main qu'il avait, sans raison, tenue durant tout le transport pressée contre la poitrine de Judith, et commença de donner des renseignements. Si Wank ne l'avait pas rappelé à l'ordre et Pia poussé plus loin, plusieurs minutes se seraient encore écoulées. Pia demanda, après avoir laborieusement allongé Judith sur la banquette arrière de la voiture, s'il souhaitait qu'elle l'accompagne — quoique en négligé, mais Wank refusa, et dès qu'il fut seul avec Judith, il se sentit mieux. Il mit le contact et passa la marche arrière. A ce moment, Schnorf se précipita vers la voiture et frappa à la vitre. Wank débraya, freina et ouvrit la vitre. Bêtement, dit Schnorf, il avait oublié les os pour le chien, la veille, les os que Judith lui avait emballés dans une feuille d'aluminium. Est-ce que quand tu seras de retour, je pourrai... — Oui, dit Wank.

Il roulait très vite, presque tous les feux clignotaient à l'orange, il avançait bien. Ça va ? demanda-t-il. Oui, dit Judith, et la réponse sonnait si clair que Wank poussa un soupir de soulagement. Si son état s'améliore aussi vite qu'il s'est aggravé, il faudra même que je veille à ce qu'elle ne soit pas trop alerte à l'arrivée, au moment de descendre de voiture. — Au bout d'un moment, Wank dit qu'il se creusait la tête à propos d'une question et qu'elle pourrait peut-être l'aider. Piquer, pour une abeille était une forme de légitime défense, et toute défense est une forme d'autoprotection, qui assure la survie ; or comme chacun sait, l'abeille meurt après avoir piqué. L'abeille dispose bien d'une arme, mais pour elle, faire usage de cette arme, c'est mourir. Comment t'expliques-tu cela ? Quel sens cela peut-il bien avoir ? — Judith ne donna pas de réponse. Wank attendait. Il était midi et demi. Comme son silence n'en finissait plus, il tourna rapidement la tête. Judith était affaissée sur la banquette arrière, son bras pendant se balançait. Judith ! cria Wank et il enfila sa main droite entre les deux sièges avant, vers l'arrière. Dans sa panique et son effroi, le bonheur l'envahit quand il constata que l'épaule de Judith était brûlante.

A côté de la large porte, il vit un écriteau. URGENCES OUVERTURE DE LA PORTE APPUYER SUR LE BOUTON. Il pressa sur le bouton. Avec lenteur, comme si toute hâte, ici, était de trop, la porte automatique s'ouvrit, Wank aperçut un hangar dans lequel se trouvaient deux ambulances. Contre la paroi du fond, au-dessus d'une autre porte coulissante plus étroite, brillait un autre écriteau : ADMISSIONS URGENCES. Là-bas, c'était là-bas qu'il devait aller. Il remonta en voiture, roula jusqu'à la porte, redescendit. VOITURES PRIVÉES : PARKING A L'EXTERIEUR DU HANGAR, lut-il sur une pancarte avant même de voir le bouton blanc désigné par une flèche indiquant SONNEZ SVP. Paralysé par une angoisse qu'il n'avait jamais connue qu'en rêve, Wank leva son bras lourd et sonna. La porte s'ouvrit. Wank ne vit que la lumière, puis à gauche, juste à l'entrée, une chaise roulante, puis l'infirmière blanche qui s'approchait. Où avaient passé les médecins ? le personnel soignant ? N'y avait-il personne d'autre que cette infirmière de garde, qui lui demandait ce qui s'était passé ? Mais l'infirmière, dès qu'elle eut entendu les mots «piqûre d'abeille» et «inconsciente», courut au comptoir situé au milieu de la pièce, donna l'alarme, revint aussitôt, munie d'un masque d'assistance respiratoire noir, vers Wank qui entre temps, comme galvanisé par son énergie, avait ouvert les portières de la voiture. Vite, sans un mot, l'infirmière appliqua le masque sur le visage de Judith et commença de pétrir le sac. En un instant, Wank s'étonna de leur brusque apparition, trois hommes se trouvèrent là. — Médecins ? Infirmiers ? Ils sortirent Judith de l'auto, la déposèrent sur une civière roulante et la poussèrent dans une cabine d'urgence. Anesthésiste ! cria quelqu'un, et une seconde infirmière, qui se trouva soudain derrière le pupitre d'accueil, saisit le téléphone et dit : Un anesthésiste pour intuber, oui, d'urgence. — On tira le rideau jaune du box, ce qui voulait probablement dire que Wank y était indésirable. Judith semblait toutefois se trouver en de bonnes mains, des mains expérimentées, oui, Wank le sentait, si effrayants que fussent l'agitation et le tumulte des voix. Debout entre le comptoir et le box, il ferma les yeux et envoya à Judith toute la force qui était en lui. Pouls irrégulier, entendit-il dire à l'infirmière des urgences. Il reprit espoir, car Judith avait un pouls : elle vivait. Adrénaline un zéro, dit un médecin. Un autre médecin, l'anesthésiste sans doute, passait maintenant devant Wank, il écarta brusquement le rideau de la cabine, Wank entrevit Judith nue. Etait-ce bien nécessaire de la déshabiller, et ces gens avaient-ils le droit de la voir telle qu'il voulait être le seul à la voir, et qu'il était le seul à en avoir le droit ? Wank eut honte. C'était — tout le démontrait — une question de vie ou de mort, et il contestait à ses sauveurs le droit de voir Judith.

L'infirmière lui demanda de s'approcher du comptoir et le pria de remplir un formulaire. Il lut : *Fiche d'admission.* Wank ne parvenait pas à se concentrer, et il resta court dès le début. Motif de l'hospitalisation, demandait-on. Les motifs prévus étaient maladie, accident de circulation, autre accident, grossesse, accident de service militaire et malformation congénitale. Rien ne convenait tout à fait, ou pouvait-on considérer une piqûre d'abeille comme un «autre accident» ? L'infirmière qui observait Wank lui dit de noter uniquement les données personnelles de la patiente. A ce moment, une phrase lui parvint de la cabine : pression sanguine à plat. — Un instant, ce fut le silence. Wank fixait sur l'infirmière un regard interrogateur. En réanimation ! cria quelqu'un. On tira le rideau, on poussa le lit roulant. A la tête du lit marchait l'anesthésiste, qui, avec le ballon à oxygène, pompait de l'air dans un tuyau qui sortait de la bouche de Judith comme une gigantesque chenille. Un second médecin, un Hun, marchait à côté du lit, d'un mouvement rythmé, il pressait ses deux mains croisées sur la poitrine de Judith, aussi impitoyablement que s'il avait voulu la tuer. De l'autre côté du lit marchait l'infirmière des urgences, les yeux fixés sur les flacons brimbalants des perfusions, et derrière le lit, deux autres hommes suivaient, dont l'un boitait. Un drap bleu pâle, plié, recouvrait le bas du corps de Judith. Personne, pas même l'infirmière des urgences, ne fit attention à Wank, bien que le lit l'ait frôlé. Il ne fit pas un geste, et ce n'est qu'au moment où la porte de la salle de réanimation se referma qu'il se mit à trembler. L'infirmière dit que la patiente avait été conduite en réanimation, où l'on disposait des instruments et des appareils les plus modernes, et où presque chaque vie pouvait être sauvée. Etait-il son mari ? — Elle va s'en tirer ? demanda Wank. Un arrêt cardiaque, c'était toujours grave, dit l'infirmière ; et les médecins n'étaient pas des dieux, mais pour ceux qu'on amène aux urgences, les chances n'étaient pas mauvaises. Elle est ma compagne, dit Wank. Il évita le mot «amie» qui lui paraissait trop désinvolte. Il était à craindre, par ailleurs, que les médecins et les infirmières réservent à l'*ami* d'une patiente un accueil plus indifférent et réservé qu'à son compagnon. L'infirmière hocha la tête. Elle était assise sur une chaise à roulettes, et Wank pensa soudain qu'il avait oublié de retirer sa voiture du hangar. Il demanda à l'infirmière s'il devait aller déplacer sa voiture, qui était toujours devant l'entrée, ou s'il valait mieux remplir d'abord le formulaire. Est-ce que ce sont vraiment là mes soucis ? pensa-t-il. Que va penser l'infirmière d'un homme qui pose des questions pareilles pendant que sa compagne se trouve dans le plus grand danger ? Quel type suis-je, pour réfléchir, dans *cette* situation, à l'opinion qu'une infirmière peut avoir de moi ? — Cette dernière, pour sa part, comme si Wank avait posé une question sensée, déclara qu'il était plus raisonnable de conduire d'abord la voiture au parking des visiteurs. Wank demanda s'il pouvait revenir par le hangar, ou si les piétons et les visites utilisaient une autre entrée. L'infirmière lui dit de reprendre le même chemin et de sonner encore une fois.

Il hésita, puis alluma quand même une cigarette dès qu'il fut dans la voiture. Personne ne pouvait lui en vouloir, personne n'en souffrait le moindre préjudice. Judith l'aurait certainement approuvé, car il ne s'agissait pas du tout de s'offrir un plaisir alors qu'elle souffrait, mais seulement d'apaiser son corps qui n'obéissait plus à sa volonté et ne cessait de trembler.

Dehors, le soleil brillait. Tout ce qui se déroulait à l'intérieur et tout ce qui venait de se passer apparut à Wank comme une méprise. Le soleil brillait, tout le reste était une erreur ou un rêve. Dans la forêt, à côté du parking, des oiseaux chantaient. Leur chant ne démentait-il pas *le reste* ? Mais à chaque enjambée qui ramenait Wank sur ses pas, ce reste redevenait plus réel, et quand il traversa le hangar, tout était de nouveau imaginable, même la chose la plus merveilleuse : Judith guérie bondissant à sa rencontre.

Aucun changement. L'infirmière assise sur sa chaise confectionnait des tampons avec des chutes de pansements ; les cabines étaient vides, ça sentait l'alcool et l'éther. Wank regarda la porte vert olive de la salle de réanimation, il entendit quelqu'un se moucher, c'est tout, il demanda à l'infirmière s'il n'y avait rien de nouveau, elle dit : Non. — Il reprit le formulaire, y écrivit les nom, prénom, date de naissance, adresse, numéro de téléphone et profession de Judith et fit une croix dans les cases «célibataire» et «cath. rom.». Dans la rubrique «parents», il écrivit sans hésiter son propre nom, puis les nom et adresse de la sœur de Judith. Mentionner le père, qui habitait en Nouvelle Zélande, lui paraissait superflu, pourtant il écrivit, afin de ne rien omettre : David Neretsa, Nouvelle Zélande. — Entre-temps, l'infirmière s'était levée, probablement pour vérifier que Wank remplissait correctement le formulaire. En tout cas, elle vit qu'il avait laissé en blanc les deux lignes prévues pour les noms de l'assurance accident et de la caisse maladie, et demanda s'il ne savait pas où la patiente était assurée. Non, dit Wank, et ce n'est qu'en la voyant hausser les sourcils qu'il reconnut son erreur. Un *compagnon* qui ne savait pas tout des assurances de sa compagne n'était pas un compagnon du tout, donc un baratineur, ou un parfait abruti. Je le sais, bien sûr, rectifia Wank, mais c'est comme envolé. — L'infirmière dit qu'avec toute cette agitation, on pouvait le comprendre, qu'il n'avait qu'à s'asseoir. Wank jeta encore un coup d'œil sur la partie inférieure du formulaire. Pour la partie du bas, dit l'infirmière qui l'observait, il n'avait pas à s'en soucier, qu'il aille plutôt s'asseoir. Marquer d'une croix ce qui convient, lut Wank. Patient a) sorti de l'hôpital après traitement d'urgence, b) transféré en division, c) transféré dans un autre établissement, d) décédé, e) arrivé à l'hôpital déjà décédé. — Aucune des cases n'était encore marquée, mais à un moment ou à un autre, une personne quelconque prendrait un stylo pour faire une croix quelque part. Le tremblement reprit Wank. Depuis que l'infirmière lui avait affirmé combien grandes étaient les chances de survie au service des urgences, la pire des éventualités était presque devenue une impossibilité. Le fait, également, que les soins prodigués à Judith se prolongent aussi longtemps — combien de temps, au fait ? — avait renforcé l'espoir de Wank. Mais maintenant, il devait se rendre à l'évidence : ici, le pire était prévu comme une possibilité parmi d'autres, comme un petit carré à marquer d'une croix, pareil aux autres. Il croyait étouffer. Le grumeau, dans sa poitrine, enflait, grossissait, gagnait ses bras, ses jambes, sa gorge. Vous êtes tout pâle, dit l'infirmière. Wank demanda où étaient les cabinets. A gauche en sortant, dit-elle. Il avait envie de vomir, d'éjecter l'angoisse ; il en fut pour l'envie. Il se lava, se donna un coup de peigne, but, et devant le miroir, il s'implora à lui-même confiance. Ça va mieux ? demanda l'infirmière. Ça va mieux, dit Wank et il s'assit sur une des chaises alignées le long du mur. Le corridor qui reliait le bâtiment principal de l'hôpital au service des urgences débouchait juste à côté de lui. Au-dessus du passage sans porte, suspendue à deux petites chaînes, une pancarte se balançait sur laquelle était écrit : PASSAGE INTERDIT. Wank ne comprenait pas comment les services responsables toléraient cette absurdité, à moins qu'eux-mêmes n'en aient été les instigateurs. Ici, précisément ici, où les gens étaient faibles et sans défense, où ils avaient besoin de croire à la fiabilité des dispositions en vigueur et au sens de la marche du monde, un passage était marqué «passage interdit», alors même qu'il était utilisé assidûment. Infirmières, médecins et infirmiers y allaient et venaient sans cesse, apportant des objets, en cherchant d'autres, lançant quelques propos sonores et facétieux à l'infirmière des urgences. Presque tous demandaient si c'était le calme plat du dimanche, si elle n'avait pas envie d'aller se baigner. Deux infirmiers, dont l'un, à ce que Wank avait entendu, avait réclamé une conserve de sang, restèrent dans le couloir à débattre des avantages et des inconvénients des échelles en aluminium. A un moment, l'infirmière éternua. Wank dit santé, l'infirmière dit merci. Il était une heure vingt. En face de lui, à côté de la porte des cabinets, au-dessus de l'extincteur, quatre photographies étaient accrochées au mur. Wank pouvait y voir quatre fois le même arbre, photographié quatre fois du même endroit ; le premier blanc de fleurs, le second vert, le troisième brun rouille, le dernier nu. Usé, le motif, pensa Wank, et il entendit soudain — provenant de la salle de réanimation ? — un bruit de scie. Il se leva. Qu'est-ce que c'est ? demanda-t-il. L'infirmière lui dit qu'on sciait un plâtre dans la salle des plâtres. Wank s'assit. Il serra ses genoux entre ses deux mains. Tomber, tomber en avant sur le front et rester là, sur le linoléum jaune Naples vergeté, jusqu'à ce qúe Judith m'emporte d'un souffle.

Il entendit une porte s'ouvrir, quelqu'un parler doucement avec l'infirmière. Il tendait l'oreille, la tête baissée. Les souliers blancs, les jambes blanches du pantalon — Wank sentit le courant d'air — glissèrent devant lui et disparurent dans le corridor.

Monsieur Wank ! — Oui, dit Wank. Les mains serrées contre les hanches, il se leva et alla à la rencontre du médecin. Sous le puits de lumière, le médecin lui serra la main. C'était le Hun, mais il tremblait. Wank répondit faiblement à la pression de sa main. Rien que cela lui parut, déjà, une trahison. Est-ce que c'est sûr ? demanda-t-il. Nous avons tout essayé, dit le médecin, nous nous sommes battus et nous avons perdu. — Elle est donc morte, dit Wank. Le médecin hocha la tête. Wank sourit, en homme à qui on ne la fait pas. C'est impossible, dit-il. Le médecin lui effleura l'épaule. Personne, dit Wank, n'est jamais mort du venin d'une abeille. — En effet, confirma le médecin, mais ce n'était pas le poison en tant que tel, qui avait été la cause du décès, la dose toxique était infime, un adulte pouvait même supporter des douzaines de piqûres sans trop de complications ; il s'agissait ici d'une réaction non pas toxique, mais anaphylactique, qui — indépendamment de la quantité de poison — survenait chez les personnes allergiques aux piqûres d'abeilles, mais ne connaissait que dans des cas graves et rares une issue létale. — Wank hocha la tête. Il n'y comprenait rien. Il entendait pépier le bip dans la pochette de la blouse du médecin. Madame Neretsa ne savait-elle donc pas qu'elle était allergique aux piqûres d'abeilles ? Savait-il quand elle s'était fait piquer pour la dernière fois, et quels symptômes elle avait eus à ce moment là ? Wank dit qu'il n'en savait rien. Une femme en tablier vert clair sortit du bureau des infirmières. De la main gauche, elle poussait un petit chariot sur lequel se trouvaient deux seaux en plastique, un jaune et un bleu ; dans la main droite, elle tenait un chiffon qu'elle promenait indistinctement sur tous les objets à côté desquels elle passait. Nous aurions pu la sauver, disait le médecin, nous sommes arrivés quelques minutes trop tard. — Je suis arrivé trop tard, dit Wank, c'est de ma faute. — C'est le destin, dit le médecin, c'est le destin, pensez donc : ici, en Suisse, il n'y a que deux ou trois personnes par an qui meurent d'un choc allergique dû à une piqûre d'abeille ou de guêpe ! — Est-ce bien vrai ? demanda Wank. C'est même prouvé, dit le médecin. Wank voulut savoir s'il était possible qu'elle soit encore vivante, et tous les récits et légendes qu'il avait lus ou entendu raconter depuis l'enfance à propos de la mort apparente se bousculèrent dans sa tête. Le médecin l'effleura encore une fois. Wank vit les poils roux de son avant-bras et entendit sa voix, de loin : Pas de respiration, pas d'activité cardiaque, les pupilles fixes. — Les pupilles fixes, répéta Wank. Le médecin lui demanda s'il désirait voir la défunte. Pas maintenant, dit Wank. Monsieur Wank, dit le médecin, la vie continue. — Wank hocha la tête. La femme de ménage époussetait l'extincteur. L'infirmière était assise derrière le pupitre, un stylo à la main. Dans la chambre de service — la porte était entrouverte — quelqu'un écorchait une banane.

Wank rentra chez lui sans la moindre entorse au code de la route. Le ciel était laiteux. A un moment, il vit Judith sur un refuge de tram. A un autre moment, il se demanda comment il réagirait si Judith était *vraiment* morte. A un feu rouge, il saisit la feuille blanc crème que lui avait donnée le médecin. *Que faire en cas de décès ?* Entendant klaxonner derrière lui, il remit le papier sur le siège avant et poursuivit sa route.

Arrivé chez lui, il ferma rideaux et fenêtres. Le somnifère avait la même couleur que le drap d'hôpital dont on avait couvert Judith. La pendule d'Egloff sonna trois coups. Wank s'étendit sur son lit. Au bout d'un moment, il tourna la tête et regarda le creux dans l'oreiller de Judith. Une clarté l'aveuglait dès qu'il fermait les yeux. Il se leva, ouvrit fenêtres et rideaux et entreprit de débarrasser la table du balcon. Il y a encore du café dans ta tasse, tu ne le boiras jamais. Wank s'allongea sur le sofa. Il resta couché même quand on frappa. Schnorf cria qu'il venait pour les os. Wank sortit. Alors elle est rentrée, dit Schnorf en s'emparant du paquet brillant que Wank lui tendait. Pourquoi ? demanda Wank. Je t'ai entendu causer, dit Schnorf. Elle n'est pas là, dit Wank. Mais ça va mieux ? demanda Schnorf. Wank dit qu'on ne savait rien et ferma la porte. Il grelottait. Quand la baignoire fut pleine, il retira le bouchon. Il se glissa au lit tout habillé. Comme il n'arrivait pas à fermer les yeux, il résolut de se relever pour aller chercher son foulard noir qu'il voulait utiliser comme bandeau. Il ne le trouva pas, il n'était plus très sûr d'avoir vraiment possédé un tel foulard, ou d'en avoir juste eu envie. Il but une gorgée de cognac au goulot, se secoua et sortit de l'appartement. En bas, il ouvrit et referma la boîte aux lettres vide. Dans l'auto, pendant le trajet, il entendit sans les écouter les nouvelles de quatre heures. La porte de Judith grinçait comme toujours, comme toujours, Wank prit la résolution de l'huiler à la prochaine occasion. Max cribla de coups de bec le petit doigt de Wank. Judith ne vit plus, dit Wank. Max agita les ailes. C'est moi qui prendrai soin de toi, dit Wank, il décrocha la cage et rentra chez lui.

Il téléphona à la sœur de Judith. Elle avait été prévenue par l'hôpital une demi- heure auparavant, dit Suzanne en pleurant, depuis, elle avait tâché de le joindre. Wank dit qu'il était allé chercher la perruche dans l'appartement de Judith. Susanne ne pouvait rien dire de plus. Son mari, qui avait apparemment tout entendu, demanda si c'était vraiment ça le plus urgent. Quoi ? demanda Wank. Cette perruche, dit Stefan. Aussitôt, Wank eut le soupçon — qu'il trouva aussitôt infamant — que Stefan le soupçonnait de n'avoir pas pris seulement la perruche dans l'appartement de Judith. Il faut bien lui donner à manger, dit Wank. C'est bon, dit Stefan. Ecoute, je suis vraiment consterné. — Wank ne disait rien. Demain matin, dit Stefan, il faudra nous mettre en rapport avec les pompes funèbres, je m'en charge, mais j'aurai besoin de quelques indications de ta part, on ne peut pas se passer d'un minimum d'organisation. — Voilà, c'est exactement ça, pensa Wank, qui me distingue des vrais hommes : ils prennent des mesures ; avant même que j'aie saisi le malheur, ils ont pris le malheur en main et gèrent ses conséquences. — Tu es là ? demanda Stefan, et Wank dit : Oui. — Stefan demanda si Judith s'était jamais exprimée sur la manière dont elle voulait être inhumée — incinération ou ensevelissement —, et si par hasard elle avait pris des dispositions écrites ou orales à ce sujet. — Au bout d'une longue pause, Wank dit qu'il n'en savait rien, mais qu'il ne tolérait pas qu'on brûle Judith comme une sorcière ; la mort, de toute façon, n'était qu'une hypothèse, mais on croit n'importe quoi. — Moritz, dit Stefan, sois réaliste ! — Jamais, dit Wank à voix basse, il raccrocha et parcourut l'appartement en criant. Seule l'agitation de la perruche le calma. Que le beau-frère de Judith se préoccupe des modalités et du déroulement des obsèques, ce n'était pas un crime. Il fallait bien que quelqu'un le fasse. Wank le rappela et s'excusa. Il n'avait pas à s'excuser, dit Stefan. Suzanne pleurait. Stefan dit qu'il serait heureux d'avoir une liste des adresses des amis et connaissances de Judith. Je m'en occupe, dit Wank en se frappant la tempe du bord de la main tant il se détestait pour cette proposition. Et il se mit à haïr Stefan, dont l'activisme semblait, déjà, l'avoir incité à abandonner Judith avec une précipitation abominable. Bon, dit Stefan, cela nous donnera un ordre de grandeur pour le nombre de convives au repas d'enterrement. — Où est Judith ? demanda Wank. Stefan demanda ce qu'il voulait dire. Est-ce qu'on peut aller la voir ? demanda Wank. N'y va pas, dit Stefan, nous voulons la garder dans notre mémoire telle que nous l'avons connue, n'est-ce pas ? — Ça me regarde, dit Wank. Une chose encore, dit Stefan, Suzanne va rédiger — à l'intention du curé — un petit curriculum ; y a-t-il une chose qui selon toi devrait y figurer, et que Suzanne et moi pourrions ignorer ? — Pourquoi dis-tu un «petit» curriculum ?

demanda Wank. Oh, dit Stefan, il ne sera pas bien long, je prévois une page dactylographiée.

Wank prit la cage de Max et la posa sur la table du balcon. Max picorait son cracker au miel. Wank alla remplir l'auget d'eau à la cuisine. Là, sur la chaise où Judith s'asseyait toujours, il vit son sac à main. Il le posa sur la table. A l'époque, lors du voyage en Espagne où Judith avec manqué le plus colossal des couchers de soleil, ce sac en cuir lui avait tiré l'œil par son extrême simplicité, et du moment que, Judith l'avait prétendu à l'époque, on ne trouvait en Suisse que des sacs à main vieux jeu et chichiteux, elle s'était acheté ce sac. Wank hésita longuement avant de l'ouvrir. Il y vit le porte-monnaie, le porte-clefs, les mouchoirs en papier, un petit miroir rond, une boîte de cure-dents, une pommade pour les lèvres, une feuille de papier pliée. Avait-il le droit de prendre ce papier et de le lire ? Il saisit le stick pour les lèvres. C'était la même pommade incolore que celle qu'il utilisait lui-même, il dévissa le capuchon et passa lentement le bâton sur sa lèvre supérieure, puis sur sa lèvre inférieure, le remit en place, le ressortit et le glissa dans la poche de son pantalon. Il apporta l'eau sur le balcon. A ta santé, dit-il. Monsieur Wank ! héla madame Egloff depuis le balcon d'en-dessous. Wank ne répondit pas. Monsieur Wank, comment va la demoiselle ? — Wank se faufila au salon. Il appela l'hôpital et demanda le médecin des urgences. Il dut attendre avant que le médecin s'annonce, c'était bien ça, il s'appelait Zausch. Wank avait tenu les yeux rivés sur l'écriteau portant son nom assez longtemps, et le docteur Zausch comprit immédiatement à qui il avait affaire. Wank demanda si, à supposer qu'il ait fait venir l'ambulance au lieu de la conduire lui-même à l'hôpital, Judith aurait pu être sauvée. Vous avez agi correctement dit le médecin. Wank demanda s'il le disait juste comme ça, ou si c'était vrai. C'était la vérité, dit le médecin, car jusqu'à ce que l'équipe de l'ambulance soit alertée, il faut toujours un certain temps, et ce temps tombe quand on amène le patient soi-même. Je ne puis que me répéter : vous avez agi correctement. — Si j'avais agi incorrectement, donc, elle serait encore vivante. — Justement pas, dit le médecin, au contraire. — Justement, dit Wank.

Il était en proie à une fatigue, à une fébrilité croissantes. Il nettoya le gril de Schnorf avec du papier journal. Il prit encore un Valium, mit de l'eau à bouillir sans plus se rappeler, une fois qu'elle fut bouillante, dans quel but. Il avait faim et se sentait écœuré quand il pensait à la chose la plus simple : une assiette de soupe, un quignon de pain. Il voulait être muet et parler, il appela Kurt et fut presque soulagé que Kurt lui dise qu'il était en train de regarder le journal des sports et qu'il le rappellerait dans une dizaine de minutes. Mais c'est avec impatience que Wank attendait la sonnerie du téléphone, consultait sa montre qui n'avait pas d'aiguille des secondes, si bien qu'il n'aurait pas pu prendre le pouls, il n'aurait pu que le sentir, le pouls de Judith, assez tôt, à temps, j'aurais dû le sentir, pour sûr que depuis le début, c'était un pouls terrible, trop rapide, trop lent, ou sans aucun rythme. — Eh bien, dit Kurt, me revoilà, la Bavière a gagné. — Wank demanda : contre qui ? — Kurt dit : contre Union. — Et à part ça, comment ça va ? — Tu veux dire, entre Silvia et moi ? — Oui, dit Wank. — Ah bah, c'est rentré dans l'ordre. — Wank entendit la voix de Silvia, à l'arrière-plan. Qu'est-ce qu'elle dit ? demanda-t-il. Elle dit que le dîner est prêt, excuse-moi ! — T'en fais pas, dit Wank, qu'est-ce qu'il y a à manger ? — Des brochettes à la tsigane, dit Kurt, sur le gril.

Wank était assis à la table, lourd, vide. La mouche, sur sa main, qui levait ses pattes de derrière et les frottait l'une contre l'autre, il la laissa faire. Elle était posée à côté de la cicatrice. Il se revit fendre du bois, revit l'enfant qui compensait sa maladresse par son ardeur et se souvint qu'après le coup fautif, il avait vu beaucoup de sang, certes, mais sans rien sentir. Les douleurs n'étaient venues qu'avec le cri de sa mère.

Il lui téléphona. Il demanda, comme il entendait la télévision, s'il la dérangeait. C'est seulement un film sur les libellules, dit sa mère. Wank la remercia pour son petit mot de la Forêt Noire. Sa mère se mit à raconter. Elle décrivit l'auberge, la chambre, elle fit grand éloge de beaucoup de choses. Elle énuméra en détails la composition des copieux petits déjeuners. Elle parla d'un lac dans la forêt, qui avait l'air d'un œil sombre. C'est là qu'elle allait se promener, elle en faisait le tour, souvent deux fois par jour. Elle avait pris du poids. Elle avait parfois l'impression de se dandiner. Tu ne te dandines pas, dit Wank. Sa mère dit : Et toi ? Raconte un peu ! — Il respirait avec difficulté. Il voulut parler, mais ne parvint qu'à articuler de manière indistincte, entre ses dents, le mot «Judith». Qu'est-ce que tu dis ? demanda sa mère. Wank toussa pour tout camoufler. Mon petit, dit-elle, tu fumes trop ! — Dors bien, dit Wank dans une espèce de croassement. Dieu te bénisse ! dit sa mère.

Il resta allongé sur le plancher du salon pendant plusieurs heures, parfois secoué de fièvre, le plus souvent dans un état d'hébétude. Continuer de vivre lui paraissait dépourvu de sens, mais envisageable. L'idée de marcher dans le brouillard en se tenant bien droit, dans ce brouillard qui l'avait toujours environné et que l'absence de Judith ne ferait qu'épaissir, lui paraissait même attirante, il ne savait pas trop pourquoi. Il se leva et alluma. Il fit sa toilette à la salle de bain. Il ne prit pas, dans le gobelet, la brosse à dents jaune, mais la mauve, qui appartenait à Judith, et qui était pourvue, en plus de la brosse normale, d'une minuscule brosse en spirale montée derrière l'extrémité du manche et destinée à nettoyer l'espace interdentaire. Wank se lava les dents ; il brossa d'abord, en effectuant de brefs mouvements de va-et-vient, la surface masticatrice des quatre groupes de dents latérales, puis, également d'arrière en avant, mais cette fois avec des mouvements en cercle, les faces externes des dents serrées, et pour finir, il frotta encore, sans mouvement rotatif, toutes les faces internes. C'était la première fois qu'il suivait pour de bon les conseils de Judith. Autrement, il les avait toujours suivis de mauvaise grâce, avec désinvolture, souvent en faisant le pitre, et maintenant il en avait honte, même s'il jugeait peu probable que Judith ait pris son mépris pour ses instructions pour du mépris à son propre endroit. Une chose était sûre, en tout cas : à l'avenir, il se brosserait les dents comme Judith le lui avait appris. Mais quand il alla chercher le verre d'eau entartré sur la table de nuit pour le remplir comme chaque soir, tout ce qui se rapportait à l'avenir et l'impliquait lui parut à nouveau absurde et inconvenant. Il s'assit à la table de la cuisine, posa la tête sur le sac de Judith, et malgré la profonde somnolence dans laquelle il tomba aussitôt, il sentit la salive couler au coin de sa bouche. Même son angoisse à l'idée que le cuir du sac pourrait s'abîmer ne parvint pas à lui faire relever la tête. Si personne n'accourait à son secours pour écarter le tortionnaire qui l'enfonçait sous l'eau, il n'allait pas tarder à étouffer. Une sirène hurlait déjà, puis une seconde, et Wank sursauta. Montant et descendant en se dédoublant, la plainte interminable de deux chats lui parvint. Il ouvrit le sac. Avec une curiosité qu'il jugea immodérée, il en sortit la feuille, la déplia et lut : «En pleine possession partielle de mes moyens, je m'engage devant Judith Neretsa à ne plus jamais redescendre dans la cave de la Société Krebs, à ne plus jamais me laisser abattre par le temps, la marche du monde et d'autres énigmes, mais à accomplir ma part avec vaillance. Que les nains m'éclairent.» — Wank déchira le feuillet et jeta les morceaux par terre. Assis là, la bouche ouverte, il sentait qu'il avait fait à Judith vivante une promesse qui devait être odieuse à Judith morte. Car chacun de ses pas futurs exprimerait avec impudence qu'il acceptait que la vie, cette vie qui avait autorisé la mort de Judith, continue. Chaque geste sanctionnait la mort, agir, c'était trahir. Cependant Wank se leva et sortit sur le balcon. Max était encore réveillé, la pleine lune le gênait sans doute. Wank transporta l'oiseau à la salle à manger, alla chercher le drap de bain, obscurcit la cage.

VIII

Pendant que la radio annonçait que la fin des perturbations n'était pas pour demain, Wank se coupait les ongles des pieds. Selon Judith, c'était bien le moment. Tout récemment encore, avec l'ongle de son petit orteil, qui n'était pas à proprement parler un ongle, mais une épine longue et pointue, il lui avait un tout petit peu égratigné le mollet. — Tu m'as fait mal, avait dit Judith, et Wank avait expliqué qu'il ne se sentait pas responsable des ongles de ses petits orteils, puisqu'il avait l'impression qu'ils se trouvaient au-delà des limites de son corps, et que tant leur distance que leur structure rendaient les rapports difficiles. Judith avait soupiré sans rien dire, comme elle avait toujours soupiré quand elle ne savait pas s'il plaisantait ou pas, mais il était sérieux, et il avait eu ses raisons pour reporter la coupe de ses ongles pendant tout l'été. Wank se rappelait comment Judith et lui, ce dimanche matin-là, après qu'il lui avait quand même léché l'égratignure, étaient restés au lit, trop endormis pour se lever, trop réveillés pour se rendormir, et comment il lui avait raconté que ses deux petits ongles racornis étaient ce que son père lui avait légué de plus remarquable. Peut-être, avait dit Wank, existait-il un rapport caché entre les ongles paternels et la prédilection de son père pour tout ce qui était plus ou moins rabougri. Ça m'étonne de sa part, avait dit Judith, lui qui a toujours été un champion de la droiture et de la rectitude. — Sans doute, avait dit Wank, et c'est bien pour cette raison qu'il appréciait tout ce qu'il pouvait trouver de tordu ; chaque année, il passait au peigne fin le plus grand marché de sapins de Noël de la ville, en quête du plus difforme et souffreteux. Il l'achetait pour cinquante centimes, avec quelques branches de sapin en plus. — Et puis ? avait demandé Judith en relevant la tête, et Wank avait joui de son attention. — Et puis, mon père ne pouvait se résoudre à l'accepter tel quel, invariablement, il passait le vingt-quatre décembre dans son atelier à corriger l'arbre, à remédier à ses défauts. Il perçait des trous dans le tronc, y introduisait des branches à l'essai, les ressortait, faisait d'autres trous, et se dépensait tant et si bien que le pitoyable avorton se trouvait métamorphosé en un sapin de Noël magnifique, dont l'apparence ne trahissait rien au premier coup d'œil, surtout pas sa forme d'origine ; et les traces du combat étaient toutes camouflées, sur les trous superflus, par exemple, mon père fixait des étoiles en paille. — Cette histoire avait tellement impressionné Judith que Wank lui-même, pour la première fois, lui avait trouvé un certain sens, et maintenant, à l'idée qu'il ne pourrait plus jamais rien raconter à Judith *parce qu'elle était morte,* il éprouva la même épouvante qu'au réveil : le bruit des gouttes de pluie sur les trop vieilles feuilles de rhubarbe l'avait réveillé, il était couché tout habillé sur le sofa et son premier mouvement avait été de tout raconter à Judith ; alors seulement, il avait pris conscience de l'absurdité de cette idée, et pourtant, après un instant de stupeur, il avait trouvé la force de se lever et de prendre un bain. Et à présent, il se coupait les ongles des pieds. Tout était fini et il se coupait les ongles des pieds, et il savait qu'il ne viendrait pas, le coup de téléphone de l'hôpital qu'il attendait encore dans un coin de son cœur puérilement insoumis. Au lieu de quoi, pour mettre le comble à la cruauté, on avait certainement déjà mis Judith *en bière.* Et indépendamment du fait que Judith, tout comme lui, avait toujours trouvé les cercueils pompeux et scandaleusement laqué, l'expression «mise en bière» révélait le caractère abject des survivants, leur perfidie, leur impatience, et Wank aurait voulu tout mettre à feu et à sang.

Il rangea les rognures d'ongles dans une enveloppe ; il était possible qu'on lui attribue l'une ou l'autre des plantes de Judith — il aurait aimé le tilleul d'appartement —, et il résolut même d'en solliciter une, au besoin. Max, en revanche, pas question de le solliciter : il se battrait pour l'obtenir.

Il lui fallut longtemps pour ramasser les morceaux de son serment épars sur le carrelage de la cuisine — vingt-quatre en tout —, les assembler correctement et les coller sur une page A4. Il fixa la feuille au frigidaire au moyen de la coccinelle magnétique.

Je ne viens pas, dit-il à Rita. Etes-vous malade ? — Je ne viendrai plus jamais, dit Wank, et Rita dit : Un instant, je vous prie. — Je démissionne, dit Wank, je ne reviendrai pas. — Krebs fulmina. Menaça de prendre des mesures. Vous connaissez des armées de peintres prêts à s'arracher mon boulot, dit Wank. Krebs implora. Fini, dit Wank. — Lubie d'artiste ! s'exclama Krebs, et il fit miroiter une augmentation de salaire. Impossible, dit Wank, ce serait manquer à ma parole. — Etes-vous devenu fou ? cria Krebs, puis il ajouta, inquiet du silence de Wank : Ou bien êtes-vous malade ? — La cave est rangée, à peu près proprement, dit Wank, mais je n'y descendrai plus, une grave perturbation est intervenue. — Il raccrocha. Il était libre, à présent, mais à quoi bon ?

Judith eût-elle été son épouse, et pas seulement sa compagne, il aurait eu à s'occuper de toutes sortes de choses, et sûrement que distrait par mille travaux, il ne serait revenu à lui qu'après l'enterrement. A la mort de son père, sa mère avait refusé presque toute aide, et les joues en feu, elle s'était jetée dans des tâches toujours nouvelles, entreprenant des démarches — annoncer le changement de notice dans l'annuaire téléphonique, par exemple, ou résilier l'abonnement à la *Revue Militaire Suisse* — qu'on aurait parfaitement pu remettre à plus tard. Mais Wank n'avait rien à faire de ce genre, il ignorait comment il allait passer et supporter la journée, les journées. Je me suis toujours vu avancer en chancelant, j'ai toujours vécu dans l'attente d'une interpellation tonitruante, la voilà, maintenant, et me voici arrêté.

Il fit la vaisselle du petit déjeuner de la veille, la tasse à fleurs, aussi, qu'il déclara désormais *sienne.* Il plongea les mains dans l'eau, songea qu'il aurait trente-huit ans le week-end prochain et qu'il ne savait toujours pas ce que c'était que l'eau, et il envisagea la mort comme la quintessence de la totalité qu'on ignore, comme un avertissement à tous ceux qui se croient éclairés, comme une maigre consolation donnée à d'apparents aveugles-nés.

S'il était un cheval, répéta Sami plusieurs fois, il ne devrait pas se laver les dents. Une phrase pour Judith, pensa Wank, mais il ne réagit pas, regardant seulement Sami. Sami lui caressa le bras. Triste ? demanda-t-il, Wank hocha la tête. Son visage resta impassible, mais contre les larmes, il était impuissant. Un moment, Sami resta planté devant lui, muet, bouche bée. Puis il tira de sa poche son mouchoir à carreaux rouges et blancs, le tendit à Wank et pleura avec lui. Wank se tamponna les yeux, puis rendit le mouchoir à Sami, qui le passa sur son visage avant de le réoffrir à Wank. Ainsi, le mouchoir effectua quelques allées et venues silencieuses et solennelles comme un calumet de la paix, et quand Wank se mit à rire sans bruit, Sami se mit aussi à rire.

Certes, Wank ne s'était pas attendu à ce que la boîte aux lettres déborde, mais il ne comprenait pas que le courrier n'ait apporté aucun message concernant Judith. Il était encore trop tôt pour des condoléances, il le savait, et sans doute n'avait-il pas à en attendre ; il aspirait seulement à un signe montrant que le monde avait pris connaissance de la chose la plus importante. Il ouvrit le journal. «La salade pommée en question», lut-il, et il se sentit bafoué, et Judith avec lui. Il se reprocha sa dureté de cœur, parce qu'il n'avait que serré les poings, au lieu de désespérer sur-le-champ. Pendant plusieurs secondes, il envia la longueur d'avance de Judith.

Les obsèques auraient lieu jeudi, afin de permettre au père de Judith, qui venait d'être prévenu, d'y participer. Le faire-part devait paraître le lendemain. Lui-même, Stefan, avait longuement discuté avec Suzanne pour savoir si lui, Wank, devait y figurer ou pas, mais ils n'étaient arrivés à aucune conclusion, si ce n'est de le laisser décider lui-même. Voilà pourquoi il téléphonait. La rédaction ou la réception des faire-part fermait à quatre heures de l'après-midi, le temps pressait. Deuxièmement, j'aimerais que tu me donnes la liste des amis et connaissances de Judith que tu m'as promise. — Et troisièmement ? demanda Wank. C'est tout pour l'instant, dit Stefan, ou plutôt, je n'aime pas trop devoir te le dire, et si je le fais, c'est seulement à la demande de l'autorité de succession : tu ne devrais plus aller dans l'appartement de Judith, et à l'occasion, il faudrait que tu rendes les clefs. — Je ne rendrai pas Max, dit Wank. Max ? demanda Stefan. L'oiseau, dit Wank. Ah ah, dit Stefan, ça pourra se discuter. — Non ! cria Wank. C'est à Suzanne de décider, dit Stefan, et ces adresses, tu me les donnes maintenant ? — Plus tard, je ne les ai pas encore toutes, je te rappellerai tout à l'heure. — C'est qu'on devrait pouvoir prendre des dispositions, dit Stefan. Oui, dit Wank, je vais te rappeler, et pour mon nom, ne le mentionnez pas, ou plutôt, si.

Il flâna en ville. Il pleuvait, donc les gens avaient des parapluies. Un homme se grattait, donc la peau du crâne le démangeait. Une femme disait à une autre : «A tes souhaits !» donc, la seconde avait éternué. Tout fonctionnait. Dans le restaurant du grand magasin, on mangeait, afin que les corps ne dépérissent pas. Wank commanda un sandwich et un café, on lui apporta l'un et l'autre et ça coûtait cinq francs soixante. Il paya avec un billet de dix francs, on lui rendit quatre francs quarante. Il glissa un petit pourboire à la serveuse, elle le remercia.

Il pressa sur le bouton et l'ascenseur arriva. Dans l'ascenseur, il pressa sur le bouton, l'ascenseur glissa vers le bas. Comme Wank avait pressé sur R, l'ascenseur s'arrêta au rez-de-chaussée. La porte s'ouvrit automatiquement. Je devrais sortir, pensa Wank, mais il resta dedans. La porte se referma, l'ascenseur monta. Au troisième, une femme qui sentait les cheveux mouillés entra. Elle demanda à Wank, avant d'appuyer sur le bouton, s'il montait ou descendait. Wank dit qu'il n'en savait rien. Elle le regarda avec anxiété et pressa sur le bouton R. L'ascenseur descendit. N'est-ce pas surnaturel ? demanda Wank. Quoi ? dit la femme en agrippant le pommeau de son parapluie.

Wank remonta et redescendit avec des personnes variées. Il guettait un visage qui ne fasse pas comme si tout allait de soi. Enfin, une petite fille demanda qui tirait l'ascenseur vers le haut. Sa mère dit : C'est automatique, voyons. — La petite fille demanda comment l'ascenseur savait où il devait s'arrêter. — Quand j'appuie sur le bouton qui est marqué quatre, dit sa mère, l'ascenseur s'arrête au quatrième. — Pourquoi ? demanda l'enfant. La mère soupira, descendit au quatrième, l'enfant à la main. Wank les suivit, mais les perdit bientôt de vue. Il se trouvait au rayon Confection dames. Sans se faire remarquer, il effleura plusieurs robes au passage. Il ne vit rien qui aurait convenu à Judith.

Lentement, il parcourut tous les étages. L'offre était infinie. Il avait envie de s'offrir quelque chose, quelque chose d'absurde. Au rayon Jouets, il découvrit un sèche-cheveux de poupées à pile. C'est un cadeau ? demanda la vendeuse. Oui, dit Wank, et la vendeuse lui emballa la boîte dans un papier de fête.

Au parking, il rencontra Maya. Elle était encore plus bronzée qu'une semaine auparavant, ou bien était-ce l'année d'avant que troublé par l'été, il avait failli être infidèle à Judith ? En réalité, le corps de Maya — comme le corps de n'importe quelle femme étrangère — se serait certainement révélé un peu lisse au toucher, un peu imperméable, la peau n'aurait été que peau, la bouche, une fenêtre aveugle, et pourtant, Wank aurait eu des remords, et à combien plus forte raison *maintenant.* Quelqu'un a sa fête ? demanda Maya en désignant le paquet. Wank dit : Moi. — Aujourd'hui ? — A l'origine, oui, dit-il. Ah oui ? dit-elle en l'embrassant sur les deux joues, je t'invite à prendre un verre de blanc ! — La vie, pensa Wank, continue. Non merci, dit-il. Allez, dit-elle, tu m'as déjà mise à la porte tout récemment. —

C'est que je suis pris. — Allez, viens. — J'ai rendez-vous. — Avec Judith ? demanda Maya. Tu es bien curieuse, dit Wank.

Il sortit de la ville. Soudain, il ne fut plus tout à fait sûr d'être sur la bonne route. Il s'arrêta pour fumer une cigarette. La pluie avait cessé. A gauche, une forêt commençait. A droite, un petit talus montait tout droit au ciel. Chaque plante répondait au vent violent selon son caractère. Les hêtres se balançaient, les noisetiers s'ébrouaient, les herbes tremblaient simplement. Dans le rétroviseur, Wank vit quelqu'un s'approcher au pas de course. C'était un Noir. Sans que Wank lui ait fait signe, il s'arrêta à la hauteur de la voiture, passa la tête par la fenêtre du passager et dit : Bonjour, votre feu arrière gauche ne marche pas. — Ah bon, merci, merci bien, dit Wank. Il n'y a pas de quoi, dit le Noir, nous sommes tous frères. — C'est ça, dit Wank. Le Noir dit : Justement, n'est-ce pas. — Wank dit qu'il se rendait au cimetière, celui qui était dans la forêt, et qu'il ne savait pas s'il était sur la bonne route. Vous voulez un bonbon rafraîchissant ? demanda le Noir. Avec plaisir, dit Wank. Moi aussi, dit le Noir en riant de toutes ses dents étincelantes. Mais blague à part : suivez toujours tout droit, vous ne pouvez pas vous tromper.

ENTREZ SVP. Wank pénétra dans une antichambre. SONNEZ SVP. Wank pressa sur le bouton. Une vitre en verre dépoli se souleva. Wank dit : J'aimerais revoir une personne décédée. Le portier demanda son nom. Judith Neretsa, dit Wank. Le portier parcourut une liste, prit le téléphone et dit à voix basse : Préparez la douze. — Il raccompagna Wank dehors.

Avec le majeur de la main droite, il essuya une larme, de l'index gauche, il lui montra, en face, la halle mortuaire : Vous n'avez qu'à attendre devant la porte, on va vous ouvrir. — Wank le dévisageait. Etait-il possible que ce portier, qui s'occupait professionnellement des morts, soit encore capable de compassion ? Avait-il connu Judith ? Le portier, embarrassé, dit qu'il avait un cil dans l'œil depuis plusieurs heures, mais qu'on ne le voyait pas, il devait avoir glissé derrière le globe oculaire, ou dessous. C'est douloureux ? demanda Wank. Pas tellement, dit le portier, mais ça gratte.

Wank suivit l'allée de gravier qui menait à la halle mortuaire en passant devant la chapelle. Il pensa soudain qu'il n'avait pas dû décliner son identité. Il venait de passer devant un écriteau PASSAGE INTERDIT Cela devait vouloir dire que l'accès n'était pas ouvert au public. Mais peut-être ne serait-ce que là-bas qu'on lui demanderait qui il était, et quels étaient ses liens de parenté avec la défunte. Il attendit devant la porte, se disant que ce ne devait pas être celle à laquelle le portier avait fait allusion, puis il appuya sur la poignée. La porte était fermée. Il attendit encore, et au moment où il se demandait s'il allait retourner dire au portier que la porte de la halle mortuaire — était-ce d'ailleurs le terme exact ? — était fermée, il entendit des pas et un cliquetis de clefs. Wank sursauta, surpris de ne pas se trouver en face d'un employé en vêtements de travail, mais d'un monsieur en complet noir. Osant à peine respirer, Wank pénétra dans un couloir obscur et vit aussitôt Judith. Elle était au bout du couloir en pleine lumière. Dans le cercueil ouvert, posé sur un chariot. On était donc allé la chercher pour lui dans la chambre froide, on avait même disposé sur son corps quelques œillets et de légers gypsophiles. L'employé des pompes funèbres, au lieu de s'éloigner, resta à la tête du cercueil et joignit les mains. Le visage de Judith n'était pas tout à fait régulier, et pourtant si beau, à la fois si paisible et si résolu, tel que Wank ne l'avait jamais vu. Le blanc de sa peau, ombré de bleu, avait l'air peint. Wank aurait voulu la toucher, il n'osa pas. Comme on se tient devant un tableau, la tête penchée, il se tenait devant Judith. Et tout comme un tableau commence à bouger quand on le regarde assez longtemps, le visage de Judith s'anima. A nouveau, dans le coin de son cœur qui croyait aux contes de fées, Wank se prit à espérer : elle va soulever les paupières et demander : Mais où suis-je ? — Il fallait qu'il touche Judith, à présent, il voulut soulever le bras, il n'y parvint pas. Judith souriait. Vous ne vous sentez pas bien ? demanda l'employé. Wank tressaillit. L'employé fit un pas dans sa direction. Wank demanda s'il pouvait s'asseoir quelque part. Là-bas, dit l'employé, je vais vous aider. — Ça ira comme ça, dit Wank, heureux pourtant de pouvoir un peu s'appuyer sur l'employé. Wank s'assit et ferma les yeux. Tomber, tomber en avant sur le front.

Je vais vous chercher un verre d'eau, dit l'employé, et dès qu'il se fut éloigné, Judith se mit à chuchoter. Wank tendait l'oreille. Au bout d'un moment il se leva, en hésitant, mais comme s'il voulait tout de même laisser entendre qu'il avait compris.

Achevé d'imprimer
en avril mil neuf cent quatre-vingt-quinze
sur les presses de l'Imprimerie Slatkine à Genève
pour le compte des Editions Zoé